反宇宙的魔幻國

黃　玄◎著
那培玄◎圖

名家推薦

小野（文學評論家）：

在眾多寫實校園清新的作品中，這是一部充滿了創造力和想像力的小說。

結合了古今中外的歷史和民間的信仰傳說，卻用了此時此刻的台灣時空將這些駁雜的知識連結起來，使這部作品能如此的與眾不同。

目錄

1

數碼聖獸

一顆溫暖和煦的太陽，自東方的地平線緩緩升起，喚醒沉睡中的奇蹟小鎮。

幾隻早起的鳥兒，先是從窩裡探出頭來，左顧右盼了一會兒，輕巧巧的跳上樹梢，嘰嘰喳喳的唱起歌來。

「吵死人了啦！」我迷迷糊糊的拉起棉被，用力蓋住自己的大頭，繼續還沒做完的夢。

不過，才過沒幾分鐘，強烈的光線從窗外照了進來，被窩立刻熱得像蒸籠一般，讓我無法再好好的睡下去了。

我咬著牙，很努力的賴著床，額頭上的汗水卻一滴、兩滴、三滴……忽然變成傾盆大雨，嘩啦啦的流了下來。

「哇！人家睡不著了啦！」我很生氣的大叫。掀開棉被一看——窗口不知被誰架著一支超大的放大鏡，而且角度調得剛剛好，一團被聚焦的灼熱陽光，正好對準我的床鋪。

「難怪熱得睡不著！到底是誰在惡作劇呢？」我想。

這時候，媽媽走進房間來，看見我已經醒了，就笑咪咪的說：「哎喲？你果然準時起床了，這個網路買來的『太陽能鬧鐘』，真的很神奇‧ㄋㄟ！哦呵呵呵呵……」

忽然有一股焦味傳來，媽媽尖叫說：「啊！我忘記還有那個『太陽能烹飪爐』，我的～荷～包～蛋～～」又飛快的跑了出去。

我想到燒焦的早餐，就一點胃口也沒有了，正在猶豫要不要出去吃，驀然聽見窗外有人在鬼鬼祟祟的交談。

我豎起耳朵，仔細一聽——啊！是兩個老外。他們用很流利的英語交談。我的英語程度不太好，所以只勉強聽得懂「再過三天」什麼的。

我匆匆刷牙、洗臉，換上制服，背起書包，拿了一份焦黑的三明治去上學。踏出家門，我看見一隻可憐的狗，就毫不猶豫地把自己的早餐丟給牠吃。

為了不讓別人知道我在做好事，我趕快跑走。背後卻響起媽媽驚天動地的叫罵聲：「天壽喔！把人吃的東西丟給吉米吃。是誰做的好事？」（「吉米」是我們家養的寵物啦！）

到了教室，同學們三三兩兩的聚在一起聊天。我們班的日本轉學生冠軍，正口沫橫飛地對其他男生吹牛。「他又在炫耀自己的DSA了。」我面無表情的看了他一眼。

當冠軍發現我來了，立刻把嘴巴閉起來，一副神祕兮兮的樣子。

雖然他是班長，但是他一直把我當作假想敵。

這陣子班上很流行一種電子怪獸的對打遊戲機，叫做DSA——也就是「數碼聖獸」的意思，我們把牠當作寵物來養，還可以和別人的聖獸連線對打。而在我們班上，被公認對打技術最強的人，除了冠軍，就只有我了。但他今天居然沒有過來向我挑釁，還故作神祕狀，倒令我覺得很奇怪。

到了第二節自然課時，我從座位抽屜裡，發現一張用紅色原子筆、寫在衛生紙上的奇怪戰帖，就知道是怎麼回事了。因為上面寫著：

我冠軍，代表白虎獸，正式向你的青龍獸提出挑戰！時間：今天第二節下課。地點：教室外面左邊算來第三根柱子下方。PS・請在看完後盡速銷毀這封信……

當我繼續往下看，頓時感到不寒而慄。它最後一句話竟然是：

「因為，這是用擤過鼻涕、再去晒乾的衛生紙寫的！哈哈哈。」

髒死了啦，上面不知道有沒有腸病毒。

這招攻心為上的戰術，果然陰險。

等到下課後，我和冠軍依約在教室走廊上碰面，準備展開一場驚天地、泣鬼神的「數碼聖獸」對抗賽。

冠軍滿臉殺氣的說：「五招之內，我的白虎獸就可以徹底打敗青龍獸！你等著看好了。」他說話的樣子，好像在演日本卡通喔。

我也模仿卡通主角的口氣說：「哼！別小看我！我不會輸給你的。」

冠軍故意用手摸摸自己的額頭說：「不好意思，我已經連續發燒一個禮拜，醫生說搞不好是得了什麼腸病毒。」

那我還是和冠軍保持一點安全距離好了。接上兩台遊戲機的連接埠時，我還特地停止呼吸，避免吸進他散播出來的細菌。

機器螢幕閃出「預備」的字樣，並響起一段悅耳的音樂，兩隻聖獸就進入第一回合的對決了。

此刻莓子走到我的身邊問：「阿星，你們在玩什麼呀？」

我說：「嗯！這是現在很流行的聖獸對打機，牠可以當寵物養，長大了還可以挑戰別人的聖獸，增加戰鬥值。」

「這又不是真的動物，要怎麼養呢？」莓子又問。

冠軍趁我分心之際，拚命的按鍵，發動一波連續攻擊（他的白虎獸立刻從雙眼連發三道銀白色的死光），實在有夠奸詐。

幸虧他的技術不如我，我將青龍獸騰空躍起，躲開對方的死光，並在半空中，繞了一個優美的大圈圈。

我目不轉睛的盯著螢幕，繼續解釋說：「這種外型介於動物和機器人的電子寵物，主人可以透過螢幕知道牠的體力、情緒、成長天數和戰鬥值。如果牠發出飢餓的訊號，就按左鍵餵牠能源丸；如果牠情緒沮喪，就按右鍵餵牠愛心丸……從一顆蛋孵化、經過幼年而到成年，需要十八天，可以得到20E的戰鬥值。」

「然後呢？」

Mirai '12

「然後就和其他的聖獸連線對打，每打敗一隻，就可增加一些戰鬥值。」我按出一枚龍波彈送給冠軍，又說：「這要看你和什麼級數的聖獸對打而定，打敗比自己低一代的，只加0.5E；打敗同代加1E……要是打敗比自己先進的，還能獲得2E耶！」

冠軍（用虎形拳輕鬆化解我的攻擊）也說：「反正只要累積到40E，就會進化為攻擊力更強的第二代，然後再打敗別人，累積到80E進化為第三代……我個人是將短期目標鎖定在第五代的320E啦！哈哈哈……」他得意的五官移了位置。

我則用極快的速度，依序按下左、左、右、右鍵，青龍獸使出一招神龍擺尾，提腳旋身，正好踢中白虎獸的頭部。

「轟」的一聲，白虎獸已化成數團絢爛無比的火燄，永遠消失在這個世界上了。

太遜了吧？第一回合的時間還沒結束耶。

我的青龍獸戰鬥值立刻從32E升為33E。

冠軍簡直不敢相信自己的眼睛——他竟然輸了。我也不敢相信自己的眼睛——冠軍竟然哭了。

最後，他用力拔掉DAS的連接埠，頭也不回的跑開，然後遠遠地撂下一句狠話：「這次算你厲害，等我養一隻更強的聖獸再來打過，我們十八天後再見！」我覺得很不好意思，小小聲的對他說：「請你不要生氣，下回我不會再對你使用龍旋踢的絕招了。」

莓子對我說：「哇！阿星你好厲害喔！」我摸摸自己的大頭說：「沒有啦，可能是我一直很細心照顧青龍獸，牠才會這麼厲害吧？」

「對了！莓子。」我問：「妳找我有什麼事嗎？」

莓子的臉忽然紅起來了：「嗯……剛才雙木老師說，再過三天，大熊星座會有一場流星雨，我們學校後山是很適合觀賞的地點，所以，所以……我想找你一起去……」

看流星雨？

聽起來好像很有趣耶。

「好啊！」我一口就答應了。

驀然，蠻牛像一陣風似的飄過來。我看著他腳下的銀白色金屬滑板，驚訝的說：「哇，蠻牛！你的交通工具好炫喔！」

一看到莓子，蠻牛的臉也紅起來了。他轉頭對著莓子說：「這是從廢五金場撿來的一塊汽車鈑金，百分百純鈦金屬，比同體積的木板還要輕巧。經過我的切割改造，再加裝小型引擎，就成了時速高達六十公里的『鈦金屬噴射滑板』……」

我趕快跑到蠻牛的視線範圍裡面，揮一揮手，引起他的注意：「你是說……時速六十公里的鈦金屬噴射滑板……真是太酷了……」

莓子卻對這個話題不感興趣，她露出一個淺笑後就走了。

蠻牛的臉色迅速由紅變綠，像聞到狗臭屁。

哦，我知道了啦。

我伸出手指，比了比蠻牛，對他擠眉弄眼的說：「ㄏㄡˊ——男生愛女生！」

2

半天島

接著這幾天，冠軍刻意地和我保持距離，連我主動和他打招呼，他都假裝沒聽見。

真沒風度。

可是我也不確定，如果換作是我，比賽輸了，聖獸被打掛了，會不會也很沒風度？

另一方面，莓子每天都會提醒我，別忘了學校後山的約定。星期日晚上，我告訴媽媽要和莓子去看流星雨，媽媽正在上網拍賣東西，只是心不在焉的問：「流星雨？氣象報告有說今天晚上會下雨嗎？」

我說：「是雙木老師說的，他說我們可以到後山去看流星雨。」

「下雨有什麼好看的？真搞不懂現在的教育改革……記得早點回來喲！」

「喔。」

其實，我也不確定會不會下流星雨。反正先做好準備就是了。當

我來到後山的大樹下，莓子已經在等我了。她的手上還抱著布娃娃巧兒。不過，一看到我穿雨衣、雨鞋，還帶了一把花雨傘，她卻笑得東倒西歪。我有點後悔帶阿嬤的花雨傘出來。男生帶花雨傘，連我都覺得很好笑。

莓子還在不停地笑著，她用手撐著肚子說：「阿星……你好好笑喔……流星雨又不是真的雨，也不會把你淋濕的……啊！我知道了啦，你是故意逗我笑的啦，你真的好風趣耶！」

原來她笑的是這個。

我覺得糗斃了，頓時不知道怎麼辦才好，只好開始低頭拔褲子上的小毛球。等到拔光全身上下的小毛球，莓子的笑聲才停止了。

「啊，流星！」莓子指著天空高喊。

我朝天空看去，忍不住叫了出來。一顆、兩顆、三顆、四顆流星，像閃亮的雨滴劃過天際。

「又出現了！」莓子興奮的大叫。這次連續出現十幾顆流星。

接下來，天空恢復一片沉寂。

十幾分鐘過去，依然沒有什麼動靜。我們眼巴巴望著漆黑的蒼穹，四周點綴著幾聲蟲鳴，氣氛開始顯得有些尷尬。莓子坐了下來，對著我說：「聽說看到流星時立刻許願，就會夢想成真。」

我心裡想：「這不太容易做到吧！怎麼可能在短短不到一秒的時間說出完整的願望呢？」

莓子又問：「阿星……不知道你看到流星時，會許什麼願望？」

我也跟著坐下來，自言自語的說：「如果是真的，我希望下一顆流星能夠出現久一點，讓我好好的看清楚。」

想不到，就在我說話的時候，天空正好閃出一顆流星。它聽見我的願望了！

這顆流星並沒有迅速消失，不到一下子，反而從米粒大變為棒球大。

「哇！阿星，你的願望實現了！」莓子說：「那我也要趕快許願！」莓子把巧兒放在一旁，很認真地閉起雙眼，雙手合十，嘴裡不時的唸唸有詞。當她許完願望，睜開眼睛，流星卻變成像足球一樣大了！

我們都嚇了一大跳，心情也從原先的興奮轉為憂慮了。莓子很緊張的說：「阿星，這顆流星，好像在往我們這裡飛過來耶？」

沒錯！這顆流星正對著我們的方向飛來，越來越大，也越來越亮，慢慢照亮了整個奇蹟小鎮的夜空。山下還有許多觀賞流星雨的人們開始尖叫、四處逃跑。也有一些人從屋子裡跑出來一探究竟。

莓子一下子抱緊我，哭喊著：「阿星，我好怕……」

我則是全身僵硬，瞪大眼睛，腦袋一片空白。

流星穿越大氣層，體積顯得更加龐大，遮住了三分之一的天空；

由於空氣摩擦的關係，它變成一顆燃燒的大火球。奇蹟小鎮看起來好像籠罩在火海裡，很多大人紛紛抱著小孩子逃難，還有一些人跪在地上拜拜或祈禱。

是不是世界末日來了？

我們會不會死？

「咻——」空中響起一陣尖銳刺耳的呼嘯聲，這顆流星，不，應該說是燃燒的大隕石，掉落在奇蹟小鎮附近的海域上。因為它的溫度實在太高了，落入海裡頓時發出巨大的聲響，海面上立刻散發一股濃濃的水蒸氣，並激起一波波數十公尺高的巨浪。

當被激起的浪潮逐漸退去，所有的人驚魂甫定，其中膽子較大的人們，三三

兩兩的往海邊聚集。

結……結束了嗎？

「嘩——」海中迅速衝出一團龐然巨物騰入空中，上上下下彈跳了幾下，又左右微微搖晃了一陣，這才戛然而止。仔細一看，竟然是剛剛那顆太空隕石。

這又引起大家一陣驚慌。

現在它表面的火燄已經熄滅，卻靜靜懸浮在海平面的上空，像一座吊在半天高的島嶼。

太怪異了。

尤其高空中的狂風，吹過隕石表面凹凸不平的坑洞，發出極為難聽的恐怖音符，更增添人們毛骨悚然、不寒而慄的程度。

我和莓子緊緊握住雙手，發現彼此的臉色都白得很難看。

「我們最好趕快回家吧！」我一面提議說，一面拉著莓子往山下跑。

奇蹟小鎮所有的人，幾乎都一夜沒睡。

由於昨晚發生的一場天文異象，不僅讓鎮上的人一夜難眠，也在全國各地產生極大的恐慌，吵得沸沸揚揚。

今天早上，媽媽一面看報紙，一面讀著頭版的大新聞：

一顆流星掉落到奇蹟小鎮附近的海域，還變成懸空的島嶼！

原來我們居住的小鎮，已成為舉世矚目的焦點。從各國湧來的觀光客和記者，所有人數加起來，遠遠超過原來的鎮民；路上到處可見新聞採訪車與遊覽車，每隔幾公尺，就會有一堆攝影機在待命，鏡頭瞄準那顆半天高的隕石島，隨時準備拍下最新的變化。

除此之外，奇蹟小鎮的男女老幼、飛禽走獸，也無一不成了大家追逐的焦點。電視上每天都會出現不同鎮民接受記者的訪問。

吃完晚飯，媽媽很快速的洗完碗盤，再蹬蹬蹬跑回客廳按下遙控器。果不其然，螢光幕上又出現奇蹟小鎮的新聞畫面——

「一座離奇又詭異的半天島出現在奇蹟小鎮，你相不相信這是上帝對所有鎮民的詛咒？」一位衣著光鮮、口齒清晰的女記者問。

「我認為，上帝會照顧祂所愛的每一個子民的！」傳教士洋腔洋調的回答。

「你擔不擔心這顆隕石是外星人的偽裝戰鬥機，它們將要大舉入侵奇蹟小鎮？」

「我們鎮上現在已經被新聞媒體入侵了啦！閃啦！妨礙我接送觀光客賺錢，小心我拿拐杖鎖敲爛你的麥克風！」計程車司機說。

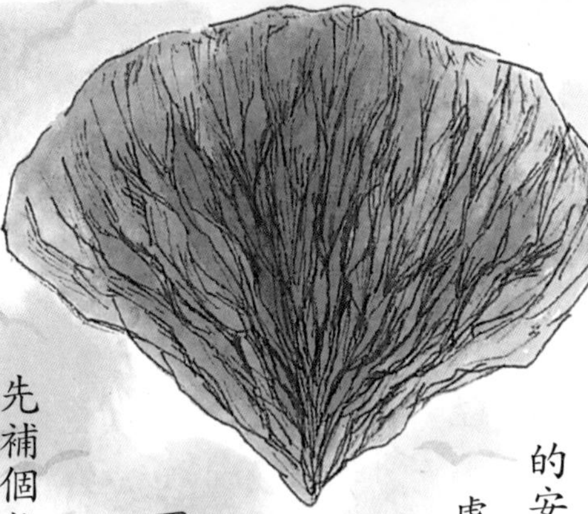

「身為本鎮的人民保母，你們有沒有針對這次的天文災難，作出因應措施呢？」

「我們警方現正聯合三軍部隊，規劃一連串的安全演習，相信絕對有能力處理任何緊急事故。」

警察叔叔說。

「這次事件，對於你們這些居民是否造成什麼影響？」

「哎喲，我的髮型還可以嗎？讓我先補個妝……好了好了，要看哪一部機器？嗨，阿星、恰妹，還有臭弟，我是媽媽啦！還有那個阿爸阿母，我上電視囉……」

「好的！謝謝這位太太的意見。」只見那個女記者臉上陰風陣陣，又將麥克風轉向下一位受訪者問：

「在不知道還剩下幾個明天的情況下，你有什麼話想對遠方的親友說呢？」

「汪。」

是吉米、是吉米耶！牠也被記者採訪了耶。

「這隻狗是誰找來的？」女記者氣吼吼的叫著，最後慘白著一張臉說：「連奇蹟小鎮的狗狗似乎也能感受到巨大的死亡威脅，究竟他們能不能逃過此劫呢？誰也不敢確定。我們再將鏡頭交給棚內主播……」

看到這裡，恰妹、臭弟和我都很害怕。恰妹說：「媽！奇蹟小鎮會不會毀滅？」

臭弟也結結巴巴的說：「媽！我們……會不……會死？」

媽媽的表情跟著凝重起來，她將我們摟在懷裡，眼中閃爍著淚光說：「孩子們，無論未來會變成怎樣，我也不會將視線離開你們半秒鐘的！」我們聽了覺得很感動，很有安全感，不再覺得無助及恐懼了。

媽媽好偉大呀！

「鈴～～」電話忽然響了。媽媽立刻扔下我們，衝過去拿起話筒，眼睛笑成彎月形說：「阿母喔！對啦對啦，那個人就是我，我給它上電視了，哦呵呵呵呵……」

恰妹和臭弟對我說：「哥，全家只剩下你可以保護我們了。」

「嗶～嗶～～」我的數碼青龍獸忽然叫了。我看看電子螢幕，發現牠的情緒指數很低，必須趕快連按右鍵餵牠愛心丸。

恰妹和臭弟的額頭同時流下一滴冷汗。

結果恰妹不說二話，立刻回房間研讀《中國功夫大百科》；臭弟則跑到院子去，準備將吉米訓練成一隻機警勇敢的守護犬。

我照顧好青龍獸，回頭看看電視，新聞主播仍在報導相關訊息：「根據專家學者的研究顯示，日前在奇蹟小鎮外海墜落的太空隕石，由於本身的磁場與地球相反，重力與相斥力在一百三十七米高的半空中，剛好取得平衡，因此造成半天島的奇妙景觀。至於半天島的磁波將對當地造成什麼影響？島上有無任何危險的太空生物？都待進一步了解。

「而經過聯合國召開臨時大會，集結各國最頂尖的天文學家、國際法專家以及政治學家，決議把地球連同這座半天島，重新定義為『雙行星』——因為它們都具有繞行太陽這顆恆星的特點。聯合國所有安全理事國也共同發表聲明指出：半天島具有與地球相等的星際地位，其政治主權歸屬，必須在全體人類福祉的前提下，做出適當的處理；在這之前，絕不允許各國非法的間諜活動。此外，他們也會防範

國際罪犯逃亡到無政府狀態的半天島，來躲避應有的法律制裁……」

媽媽掛上電話之後，滿臉憂愁的對我說：「阿星啊，聽人家說，最近好像有一些壞人混在觀光客裡，潛入我們奇蹟小鎮來，你和恰妹、臭弟出門在外要特別小心，放學後也要趕快回家，知道嗎？」

我忽然想起幾天前，兩個老外在我們家附近交頭接耳……

3

莓子失蹤了

一大清早，我睡眼惺忪的爬下床鋪，像遊魂般飄進浴室刷牙，卻發現臭弟一反常態，很早就起床了。

他正在院子裡訓練吉米。

臭弟拿著一根樹枝，指著一具代表歹徒的稻草人偶，吉米就像一隻眼睛充滿血絲的瘋狗，露出兩排尖尖的牙齒，衝上去一陣亂咬，人偶的衣服就變成滿地的碎布，身體變成一堆躺起來很舒服的稻草床了。

這時候，整晚苦練功夫而起床較晚的恰妹，忽然出現在一旁。她尖叫說：「啊～～我用來練習詠春拳的稻草人，被你這隻死狗咬成這樣～～」

吉米「嗚」了一聲，掙脫恰妹的手，挾著尾巴，慌慌張張的逃離院子。媽媽的聲音也及時傳了過來：「你們這三個小鬼，上學都快遲到了，還不趕快過來吃早餐？」

對喔，今天是我和莓子一起當值日生的日子耶。我們很快的輪流刷洗，用餐完畢，然後背著書包到學校去。

當我走進教室，發現同學都已經到了，只有莓子的座位是空的。心中忽然升起一股不祥的感覺。

直到早自習結束，雙木老師來上完第一堂課，應該坐在那個座位上的莓子，卻一直沒出現。

等到第二堂課，連雙木老師都覺得很奇怪，終於開口問大家：「莓子同學沒來學校上課，有誰知道是什麼原因嗎？」

同學們你看我，我看你，誰也不知道莓子今天為什麼沒來。

雙木老師很不解的說：「真奇怪，莓子是個很聽話的乖學生，以前不論颱風下雨，也從不遲到缺課，幾乎每一學年都領全勤獎的！今天怎麼會曠課了呢？」

「對呀！這太不尋常了。」我想。

而且，昨天放學時她才對我說：「阿星，明天輪到我們兩個人當值日生，我一定會好好努力的！」她不可能無故沒來的。

班上最愛作弄女生的阿比，舉起手說：「我知道莓子同學為什麼沒來！」

雙木老師和其他同學都把頭轉向他。

阿比很驕傲的說：「最近從外地混入奇蹟小鎮的歹徒簡直比流浪狗還要多，她一定是被壞人綁票了！哈哈。」一副幸災樂禍的神情。

不過，一提到綁票，家裡很有錢的小夢，卻皺著眉頭說：「鎮上突然來了這麼多陌生人，我爸媽已經不准我再穿戴名牌，因為怕我被壞人盯上耶！」

大家開始七嘴八舌，議論紛紛。

「好了！好了！」雙木老師搓著手，要求大家說：

「在還沒確定莓子同學缺課的真正原因之前，我們都不要隨便猜測，以免製造更多的謠言……唉！現在鎮上已經夠混亂的了。」

「阿星！」雙木老師突然叫我的名字說：「等一下放學後，你替老師去莓子家，看看她到底怎麼了。好嗎？」

「喔。」

好不容易等到鐘聲響起，同學們便亂成一團，忙著找伴一起回家，唯恐自己成為明天另一個缺課的人。我先要恰妹帶臭弟回去，再匆匆倒完垃圾，回教室關好門窗，背起書包往莓子的家跑去。

莓子家是開國術館的。到了門口，我驚覺這次事情可能很大條，因為莓子的爸爸正神情嚴肅的站在門外，與幾名警察叔叔低聲交談，莓子媽媽則在一旁用手帕擦著哭腫的眼睛。我隱約聽到「莓子昨天放學後就失蹤了」的字眼，覺得現在並不適合再去打擾莓子的爸媽，所以連招呼都沒打，就掉頭離開。

拖著沉重的步伐，走在回家的路上，我的腦海裡清楚浮現莓子平時對著我笑的樣子，心裡更覺得難過得想哭。

「嗶～嗶～～」此時我褲子口袋裡的數碼聖獸，又發出飢餓的訊號。我按了幾顆鈕，餵飽青龍獸，低頭發現自己的影子被夕陽拉得又高又大，樣子很像青龍獸。這時候的我，多麼想化身為真正的青龍獸，去尋找下落不明的莓子啊！

走過河邊的草地，我赫然發現地上躺著莓子的腳踏車，旁邊還有一具熟悉的布娃娃——走近一瞧，居然是莓子最喜愛的布娃娃巧兒。

我趕快撿起巧兒，拍一拍她身上的灰塵，巧兒依然是一雙無辜的大眼睛，剪著一頭清新可愛的瀏海。

「難道……莓子就是在這裡失蹤的？」我用力想著莓子可能遭遇的各種狀況，包括：也許她沒有被綁架，只是騎車摔進旁邊的草叢昏了過去；也許她騎車摔跤，覺得很丟臉就躲起來不敢見人；也許她騎著騎著，看到一隻漂亮的蝴蝶就丟下車子去追……

不過，我有一個壞習慣，當我的問題越想不出來，就會覺得頭越大；頭越大，就覺得頭皮越癢，就忍不住伸手用力抓扯頭髮。

結果，結果，結果呢？

我再看看手裡的巧兒，頓時被她嚇了一大跳——她的漂亮瀏海，已經不知不覺被我抓扯過度，變成米粉頭了！

說時遲、那時快，我的身邊忽然快速閃過一個黑影。

我還來不及反應，又一個疾如迅雷的身影追了上去。

「啊！是蠻牛！」他正舉起球棒，踏著兩側伸出導流翼的噴射滑板，追趕前面的神祕黑衣人。「他真的好猛耶！」我不禁由衷叫了出來。

糟了！

這下子真的糟了！

巧兒的米粉頭，被剛剛蠻牛滑板的噴射火燄燒過，居然變成勁爆的捲捲頭，連臉都燻黑了！

「對不起，莓子！在妳回來之前，我一定會把巧兒的頭髮恢復原狀！」我滿臉歉疚的對天空說。希望莓子會聽得見。

現在我最重要的事情，就是趕快帶著巧兒和她剛出爐的新髮型，跟上去看看發生了什麼事情。

黑衣人來到一處暗巷，嚇走許多正在翻動垃圾堆的野貓野狗。當他發現前面是一道堵死的牆壁，想再轉身逃跑，追上來的蠻牛用球棒擋住他的去路。

這時候，我也趕到現場，躲在電線桿後面觀察所有的動靜（噓！噓！死野狗，別在我的腿上尿尿～嗚～～已經傳來一陣熱呼呼的溼意了）。

黑衣人穿著一襲黑色西裝，還戴了一副墨鏡。他冷哼一聲，說了一大串英語。

啊！雖然我聽不懂他說什麼，卻可以認出他的聲音——他就是曾在我家附近出沒的其中一個老外。

他看蠻牛敵意未消，又用中文說：「尼遮葛消烹由，最豪不咬多罐閒失！」

啊！這種外國腔的話，我也常常聽鎮上傳教士說。他們是同鄉嗎？

蠻牛顯然聽不太懂對方的意思，腦袋上方冒出好幾個大問號。是我應該現身的時候了。

我一手抓起巧兒遮住自己的臉，一手隨地撿起一枝被丟棄的馬桶刷，從電線桿後面跳出來。

我靠近蠻牛身邊，故意壓低聲音說：「他剛剛說：『你這個小朋友，最好不要多管閒事。』說得真是對極了，我看我們還是不要多管閒事比較好！」

蠻牛很嚴厲的告訴對方：「我是生長在奇蹟小鎮的人，有誰想在這裡為非作歹，就得先通過我這一關。我看你鬼鬼祟祟的潛入學校，一定不是什麼善類！」

黑衣人說：「我是一名外國觀光客，因為迷路才會闖進校園，難道我看起來像歹徒嗎？」

我連忙翻譯給蠻牛聽，並說：「我覺得他不像是壞人，你看看他，太陽都下山了還戴墨鏡，一定是眼睛有問題，怎麼可能做出什麼壞事？我們還是……」

蠻牛突然用力把我推到一旁，我納悶是不是自己表現得太膽小，他才會這麼生氣……

一記強勁的右旋踢瞬間掃過我剛剛站的地方，呼呼的腿風把我的頭髮都吹直起來。

「小心點！他的身手很不錯！」蠻牛對我說。

「學校老師沒教過你，愛管閒事很容易倒大楣的嗎？」黑衣人說。原來他的國語比我還標準。

「暗地傷人算什麼英雄好漢？在我的字典裡只有一句話，就是『作奸犯科者，人人得而誅之』！」蠻牛說完，凌空躍起，順勢揮出球棒，一記凌厲的攻擊直逼黑衣人而來。

黑衣人將頭一偏，球棒打到一旁的牆上，落下一陣大大小小的水泥塊。

「Oh, not bad!」黑衣人很輕蔑的挑挑眉毛說：「看來我不能輕敵了！」他解開袖口和領口的釦子，動動脖子、扭扭肩膀，關節發出「喀」、「喀」的清脆聲響，從墨鏡裡露出的眼神，竟像野獸般叫人全身發抖。

黑衣人嘴角揚起一撇冷笑，右手擊出一記快速的下勾拳，蠻牛左移一個箭步，驚險躲過這次攻擊，拳頭打進路邊堆放的木箱，木箱立刻碎裂

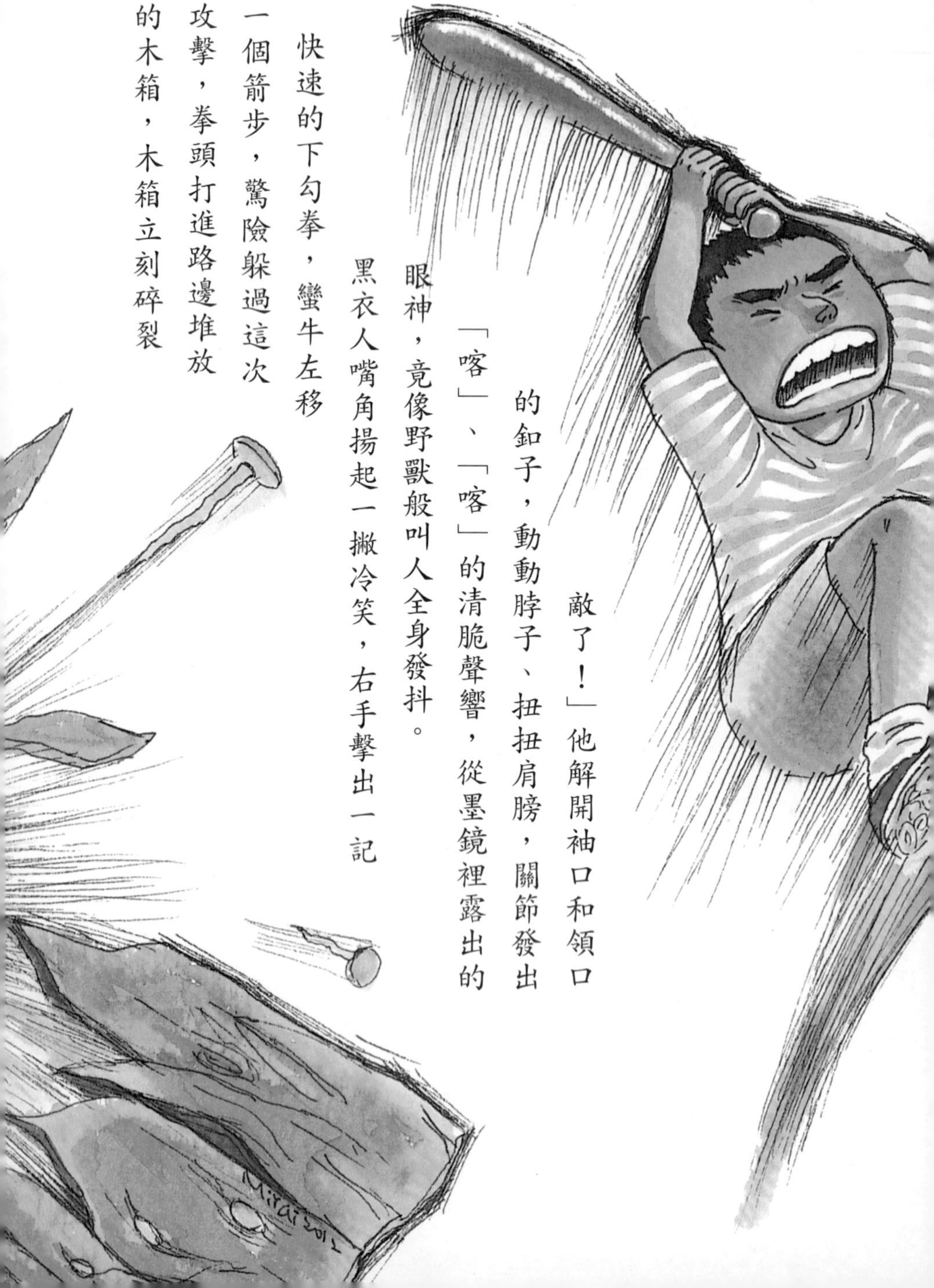

成好幾截，頓時木屑、釘子四面齊飛。

黑衣人急急收回右拳，準備調好姿勢再出左拳。好個蠻牛！他眼見機不可失，一腳蹬上滑板，舉棒往他露出罩門的胸口刺去，幾乎一舉成功，卻在接近目標時，遭對方巧妙地提起膝蓋，輕輕頂開，化解來勢。

蠻牛似乎料到黑衣人的防守動作，腳下早已踩著滑板後端，讓前方成一仰角翹起，並微微挪動腳踝，旋轉噴射火力的開關——

金屬滑板火力全開，脫離主人的控制，如閃電般衝向黑衣人的小腹，對方立刻被撞離三公尺外，身子重重的摔向牆壁，再彈落到地面上，連墨鏡都跌斷了。

這招「聲東擊西」的策略，果然奏效了。

「天黑了，路都看不清楚了，還帶什麼墨鏡，裝什麼酷？難怪會打輸！」我想。

「被鈦金屬噴射滑板K中的滋味，肯定不好受吧！」蠻牛說：「我問你，是不是你綁走我們班的……莓子（臉紅）？」

黑衣人倒在地上，只是大口大口的喘著氣，沒有回應半句話。

蠻牛又從口袋裡掏出一張莓子的照片（臉又紅了），擦去照片上的指痕，然後將它湊近黑衣人的臉。

「奇怪？他隨身帶著莓子照片做什麼？難道是想請整容醫生幫他做個一模一樣的臉型？」我想：「蠻牛的下巴，的確也長得太方正了些！」

黑衣人卻把臉別過去。

為了表示我和蠻牛是同一國的，我特地跑過去踢了黑衣人一腳。他哀叫一聲，大吼：「我根本不認識這個小女孩，也沒有必要綁架她！我們的任務是傳播病毒程式，讓它產生大量電磁脈衝，利用電磁破壞力，讓所有電子儀器停止運作，以便癱瘓偵測系統，瓦解奇蹟小鎮的軍事防線……」他說到一半，驚覺說溜了嘴，立時緊閉雙唇，並狠狠地瞪著我。

我趕快用巧兒蒙住整張臉，大聲罵他說：「看什麼？想記住我啊？」

驀地，蠻牛大大吸了一口氣，很鎮定的拍拍我的肩膀，非常理直氣壯的說：「哈哈！現在整個事情的發展，已經相當清楚了，就是——

「（聲音忽然壓得很低）我可能太擔心莓子的安危，才會搞得神經兮兮，所以，應該是我們打錯人了……」

「打、錯、人、了？」我叫了出來。這是什麼爛劇情？

蠻牛急得掐住我的脖子，聲音壓得更低：「噓，千萬不要說出來！」

「呃～～」我被掐得腦部缺氧，眼冒金星。

「阿星！答應我。千萬不要把這件事說出來，尤其不能對莓子說。好不好？」

「噁～～」我嘴裡吐出一堆白色泡泡。

「阿星，你回答我呀？你快點回答我呀？……」

「嘔～～」我兩眼往上翻，四肢虛弱的划動著，已經快要斷氣

了。

「你說話啊！你為什麼不說話？……」

「嗯……嗯嗯……」我用最後的力氣，勉強做出發誓的手勢，蠻牛才肯鬆開他的手。

真是一個危險人物。

蠻牛恢復洪亮的聲音，故作鎮定的說：「既然他不知道莓子的下落，那我們就走吧！哈哈哈……」

我喘了幾口氣，也趕緊跟著說：「對呀！算你走傻水運，本大爺今天就放你一馬。我們走吧！哈哈哈……」

走了幾步，蠻牛轉過頭來忽然問我：「對了，從剛才你就一直用布娃娃摀著臉，還拿著馬桶刷幹嘛……阿星！」

他叫我「阿星」？

他叫我「阿星」耶！

那我這麼認真偽裝自己幹嘛？

我問蠻牛：「你……你認出我了嗎？」

蠻牛無奈的搖搖頭說：「阿星，你的大餅臉很難叫人認不出來。」

我緊張的大叫：「不要再叫我的名字了啦！我們趕快走吧！」

我一邊走，一邊回頭看那個老外，他藍得詭異的眼睛正盯著我上衣的學校名牌，滲著血的嘴角還吐出一句話：「奇蹟小學四年甲班的周小星，我們走著瞧！」

4

古老魔法圖

我和蠻牛丟下那個倒楣的外國黑衣人，沿途還故意發出囂張的狂笑，揚長而去。這種做壞事的感覺，有一點心虛，又有一點刺激，真是無法用言語來形容。

不過，一離開現場，蠻牛就像洩了氣的皮球，鬥志都垮了下來。「我還以為找到綁架莓子的凶手了！唉……」蠻牛神情黯然的說。

看他憂愁的樣子，我可以感受到他比我還要關心莓子的情況。為了安慰他，我讓巧兒坐在我的手肘上，另一隻手則控制她的脖子，一個人很笨拙地學起腹語術來——

我說：「巧兒！今天有什麼新鮮事嗎？」

巧兒說（其實是我用尖尖的聲音裝女生）：「你沒看我剛燙了頭髮，還擦了黑人妝嗎？」

「哇！真是太（我故意提高八個音階）——正點了！妳現在看起來，多像是傳說中的國際超級名模『黑——（天啊，我能飆這麼高的音）珍珠』小姐！」

「她比較像我心情不好的時候吧！不知道是誰規定的，越紅的模特兒，走上伸展台時臉就要越臭！」

「無論如何，妳現在漂亮得就像是一團『煤炭』……ㄟ……我是說『美』得讓人讚『嘆』。聽人家說：『女為悅己者容』，莫非妳約了喜歡的人碰面嗎？」（哎喲！我怎麼越講越不三不四了……）

咦？蠻牛忽然瞄了巧兒一眼，臉頰還浮現兩朵紅暈暈的雲。

我覺得這種狀況很奇怪，可是又很合理，因此，有必要花一點時間來解釋：

第一、大家都知道，蠻牛喜歡莓子。

第二、大家也知道，莓子喜歡巧兒。

所以所以。

第三點就是——

莓子不見了，蠻牛就把感情轉移到巧兒身上。

也就是說……

各、位、觀、眾。蠻牛把巧兒當成莓子，而喜歡上巧兒。

我們班上最有正義感的蠻牛，居然喜歡上了女生的布娃娃！

好像有一點變態說。

戀物狂。

不過，戀物狂歸戀物狂，蠻牛仍然是一個最有正義感的戀物狂。

我想，為了安慰蠻牛，現在是我使出必殺技的時候了——

巧兒（她的頭壓得低低的）：「哎呀！討厭啦！人家，人家…最喜歡的人，就是…就是（慢慢把頭轉向蠻牛）……

「救命啊！救命啊～～」巧兒的肚子忽然發出一陣陣驚叫。

蠻牛臉頰兩朵粉紅色的雲，立刻變成烏雲，而且通通集中到額頭的部位。奇怪了，這句話不是我說的，而是從巧兒肚子發出來的。巧

兒會真的腹語術嗎？而且這聲音聽起來好熟悉喔！

「是莓子！」我和蠻牛不約而同的叫了出來。

我們兩個男生，急急忙忙的在巧兒身上亂掀衣服，東摸西摸，終於發現它的背後有一條拉鏈。

蠻牛說：「這條拉鏈很可疑。」

我也表示贊同：「對呀！太可疑了。哪有人從背後尿尿的！」

「喂！巧兒是女生耶。」

「啊！我怎麼沒想到。那就更可疑了。」

我們決定拉開巧兒身上的拉鏈。裡面是兩顆電池，和一個小型錄音機。原來，巧兒身上有自動錄音的裝置。而這種設計，通常用來錄下「你好」、「謝謝」等常用問候語，讓布娃娃更貼近主人的心情。

很顯然的，這套裝置錄下了莓子失蹤前的求救聲。剛才我轉動巧兒的頭，意外把錄下的內容播放出來。我和蠻牛趕快把耳朵貼在巧兒的肚子上，仔細聽著接下來的訊息……

莓子（淒厲的高喊著）：「救命啊～～原來『阿契里斯』的故事是真的～～」錄音到這裡就中斷了。

我搖一搖巧兒的身體，依然沒有聲音。

「莓子？莓子？妳說話呀？誰是阿契里斯？」蠻牛用力搥打巧兒的腹部，抓起它的雙腿在空中甩來甩去，索性又丟到地上又踩又跳，也沒再多擠出一句話。蠻牛跪了下來，他對著巧兒很絕望的說：「線索斷了！我連阿契里斯是誰？到哪裡去找他決鬥都不知道。」

我也不知如何是好，尤其看到面目全非的巧兒，更加覺得六神無主。這時候，巧兒的肚子竟然又發出一陣細微的喊叫聲：「莓子……莓子……妳在哪裡……」雖然音量很小，但是我和蠻牛都可以清楚辨認，那是小夢的聲音！

這是一項很重要的線索。

這表示說，當莓子高喊救命的時候，小夢就在現場，甚至她還目擊了莓子失蹤的經過。既然如此，小夢明知全部的人都在擔心莓子，為什麼還不肯說出莓子失蹤的經過呢？

「我看天色已經晚了，而且小夢家一向門禁森嚴，就算我們躲過保全公司全天候的監視，也敵不過那兩條西藏大獒犬，不如明天再找小夢問個清楚！」蠻牛說。

「也許明天就能得到莓子的下落！」我和蠻牛很有默契的對看一眼，彼此點頭示意，然後互相告別。

在回家途中，我經過鎮上的媽祖廟，發現裡面香煙繚繞、燭火通明，擠滿了許多前來拜拜的人。

事實上，自從奇蹟小鎮出現了這座半天島之後，媽祖廟和天主堂的生意就變得特別興隆。「在這個非常時期，大家不免會想起一種叫做神明或上帝的東西！」我想。

像這幾天，傳教士比較少來找三叔公串門子，可能就是業務量大增的關係。現在看見媽祖廟裡人聲鼎沸，想必擔任廟公的三叔公也正在忙進忙出的吧？

這時候，我看見廟口石階的陰暗角落，坐著一位灰髮斑斑、滿臉皺紋，正在陷入沉思的老人。我很高興的叫他一聲：「三叔公！」

三叔公放下手中的一張紙，拿掉老花眼鏡，看了看我，然後皺著眉頭說：「原來是阿星呀！都這麼晚了，你怎麼還背著書包到處亂跑呢？」我將放學後到莓子家的情形，以及與蠻牛聯手打擊壞人的經過，一五一十的告訴三叔公。

「想不到你這麼勇敢啊！」三叔公很高興的拍拍我的頭說。

我一邊點頭承認，一邊用腳偷偷在地上畫叉叉。這樣應該不算說謊吧！

「不過……莓子現在吉凶未卜，真是叫人擔心……」三叔公說：「最近奇蹟小鎮實在是太不安寧了。」

我瞟向三叔公手上的紙張，上頭畫著一些山川湖泊、幾隻凶猛的怪獸，還附有一段古代詩文；看來像是符咒、又像是什麼藏寶路線之類的圖案。

三叔公一眼看穿我的心思，笑著說：「你也對這張『尋龍寶圖』有興趣嗎？」

「尋龍寶圖？」我的眼睛睜得像魚丸一樣大。

「這張地圖，一直是媽祖廟的鎮廟之寶，經由歷代的廟公傳下來。據我阿爸說，他的阿爸告訴他：當本鎮陷入危急存亡之時，只要請出寶圖現世，就會風調雨順、國泰民安……」

「哇！這麼厲害喲！」

「阿星，既然你看到了這張圖，也算是有緣，就坐到我身邊來，讓我跟你說一說它的故事吧！」三叔公說。我跑到三叔公的身旁坐好，耳朵自動變成兩座三百六十度轉動的雷達天線。

三叔公一邊說，一邊用手指著那張陳舊而泛黃的尋龍寶圖。我也跟著陷入遙遠而奇幻的古老傳說……

很久很久以前，中國大陸的原住民正從漁獵進化到畜牧的生活方式。有一回，一天之中卻出現了兩次日出——

因為從太空飛來另一顆火球，照亮晴空，讓人產生天亮了兩次的錯覺，這也造成當地人們和飛禽走獸，呈現一種嚴重失序的混亂狀態（寶圖最外面的一圈，畫著：在豔陽高照的天空裡，出現另一個燃燒的火球，地上所有生物到處奔走。旁邊寫的詩句是：天復旦，人畜驚，恍兮惚兮性沉淪）。

後來，有人闖進一個魔幻國度，打敗裡面眾妖獸與黑暗之神，從八大險惡之處奪得八種珍貴元素（寶圖中間那一圈，畫著：一個穿著獸皮的男子，走過雲端、峻山、險川、沼澤及沙漠，歷經火燄、海浪、雷電、狂風，降伏了惡龍、毒蛇、猛虎、怪龜、妖魚和五彩鳥，手中還拿著一袋東西。這裡詩句寫著：有壯士，赴幽冥，六獸八難取元晶）。

這八種元素融合為一顆龍珠，藉此召喚具有強大神力的兩條金龍，將多出來的這顆太陽毀滅，世界才恢復原來的平靜。因為這名勇士，降伏了天外飛來的日曦，就被稱為「伏曦氏」，也有人寫作「伏羲氏」（在寶圖最內圈，畫著：天空只剩下一顆太陽，和閃閃發亮的龍珠相互輝映，兩條金龍互相盤旋，形成雙龍爭珠之局，地面上的人畜則很恭敬的膜拜著。詩句寫的是：呼雙龍，除災星，世稱伏羲定太平）。

故事聽到這裡，我總算恍然大悟了！「尋龍寶圖，就是伏羲氏傳下來的八卦嘛！」我說。

「說得沒錯！阿星，你果然很有慧根！」三叔公說：「伏羲氏將這段冒險過程，用最原始的象形文字記錄下來，結果大家認為這種圖案有避邪的功能，就大量複製、流傳；久而久之，被簡化為現在常見的八卦——

「八卦省略了災星作祟和解說的部分，用線條代替魔幻國度的八大險境；至於太陽和雙龍爭珠的圖形，則演化為我們很熟悉的太極圖。」

我不禁驚嘆說：「太有趣了！而且，三叔公您對這張圖研究得十分透徹，真是太厲害了耶！」沒想到，三叔公聽我這麼說，反而嘆了一口氣說：「其實，尋龍地圖還有一個地方，是我一直參不透的。」

「還有一個您參不透的地方？」我訝異的說：「可是，如果這是連三叔公都解不開的疑點，世界上恐怕也沒有別人能解得開了！」

三叔公不再說話，只是靜靜地指著尋龍寶圖右下角的地方。

啊！上面寫著最後一首詩：

千年五，劫再興，星宿尋龍救蒼生。

奇怪？上頭每一個字我都會唸，不過連起來看，卻完全不懂是什麼意思？

三叔公說：「這是一段預言！千年五，指的是一千年重複五次，也就是五千年後，浩劫會再次興起，只有等待天上『星宿』下凡，再尋一次龍，來拯救大家！」

哦——事情是這樣子喔。

聽三叔公說，雖然預言中所指五千年之後的劫難，極可能就是奇蹟小鎮這次遇到的天文災難，然而，「星宿」是誰？怎麼進入魔幻國度去尋龍？任他想破腦袋也理不出頭緒。

「星宿？絕不可能是我這個周小星吧？」我想。

我們班上最愛做明星夢的小夢，老是嫌我沒有明星氣質。所以我不會是這個故事的主角，也不會是那個星星下凡的人。

5 阿契里斯的矛盾

今天是個晴空萬里的好天氣。我在上學的途中，想起尋龍寶圖的故事，不由得抬頭看看太陽，再看看海面上的半天島——

半天島被太陽照耀之後，反射出一種銀輝色的光芒，乍看之下，果然像極了天空同時出現兩顆太陽，難怪古代的人會有這種描述。

轉了個街角，我發現小夢就走在前面。

我趕快追了上去，大聲叫她：「小夢小夢，請等一下下，妳知不知道莓子……」

小夢聽到「莓子」兩個字，身體如雷擊般微微地彈跳起來，又聽見我追上來的腳步聲，頭也不回的拔腿就跑。

「小夢小夢，別跑那麼快！我是阿星，我要問莓子……」

「不要問我任何關於莓子的事，我什麼都不知道！」小夢回過頭來，表情變得很凶狠，兩眼彷彿噴出熊熊的火燄。

「可是莓子她……」

「看鏢！」小夢居然對我發出暗器。我機靈靈的閃躲過去，身後傳來清脆的金屬掉落聲。

啊！是一對外雙Ｃ的香奈兒耳環。

「再吃我一招！」小夢再射出一件獨門兵器。我趕快往下蹲，頭上飛過一條吐著舌頭的長蛇。

是標榜著華麗蛇紋的ＧＵＣＣＩ當季新款皮帶。

「這次看你還不死？」小夢又用力丟了一個快速旋轉的東西。

我隱約看到一隻閃閃發亮的ＰＲＡＤＡ高跟鞋，朝我的大頭旋轉飛來，忽然天就黑了，我就自動睡著了。

由於我的頭比較大，目標太顯著，不幸被小夢的鞋子Ｋ中，昏過去大概有一分多鐘的時間。等到我睜開眼睛，蠻牛已經緊緊揪住小夢，逼問她有關莓子失蹤的來龍去脈。

嚴格說來，我是一個反對暴力的人，而且我還有一點喜歡小夢。

不過，在這種緊要關頭，也只好讓蠻牛用武力逼供了。

蠻牛用球棒指著小夢問：「小夢！我知道妳就是莓子失蹤的目擊者，可是妳卻一個字也不肯說，莫非裡面有什麼隱情？」

小夢有點快哭了，她很委屈的說：「並非我不說，而是說出來也沒用！因為莓子的失蹤經過，實在太離奇了……絕對沒有人會相信的啦。說不定你們還會以為我有妄想症，送我進精神醫院……」

蠻牛放下球棒，態度也變得緩和一些。他說：「只要妳說出看見的一切，我願意相信妳！」

我揉揉頭上隆起的大包，撿起小夢的那隻鞋，並說：「我也相信妳！」

於是，小夢含著淚水，抽抽噎噎的說出莓子失蹤當時的情形：

在某個平淡無奇的午後，奇蹟小學剛剛敲完放學鐘，小夢和莓子分別騎著腳踏車，嘻嘻哈哈的追逐而來。

騎在前面的小夢，笑著說：「莓子，快點來追我呀！」

後面的莓子停了下來，將前面籃子裡的布娃娃巧兒擺好，自信地高喊著：「小夢，妳一向都快不過我的！我讓妳先騎二十公尺，不用半分鐘，我就會趕上妳！」

「是妳說的，不准賴皮喔！」小夢掏出一只小小的化妝盒，偷偷塗了塗口紅，然後快速地踩出十幾公尺。

「現在我要開始追了喔！」莓子說。

小夢驚呼一聲，死命踩著腳踏車，陣陣強風吹亂她前額的瀏海，才一下子，她就顯得上氣不接下氣了。

莓子的聲音卻在身後越來越近。

小夢一點也不敢休息，回頭再看看莓子，發現她一邊騎，還一邊伸出右手，準備抓住小夢。

「看吧！我就快碰到妳了。」莓子說。

莓子的手越來越接近了。小夢感覺到她的食指已經接觸到自己的衣服。

小夢尖叫一聲，笑說：「呼，妳絕不可能追上我的！呼，呼，妳忘了『阿契里斯』的故事嗎？」

「阿契里斯？」莓子愣了一下，說：「對喔！阿契里斯。自從鎮上出現半天島之後，連雙木老師上起課來也變得怪怪的……」

「不過，呼，根據雙木老師的說法，呼，妳是一定追不上我的，呼呼，就像……」

「就像阿契里斯追不上烏龜的故事嗎？嘻嘻。我馬上就會推翻這個理論了！」

可是不到三秒鐘，莓子忽然以一種淒厲而恐怖的聲調高喊：「小夢！」

小夢被莓子突如其來的反應嚇了一大跳。她嘟起小嘴說：「別想使詐！我不會停下來的，呼呼。」然而，當她回頭一看，發現莓子速度慢下來，眼睛睜得老大，連雀斑都因恐懼而顯得蒼白。莓子從喉嚨裡發出一陣古怪的呻吟：

「救命啊～～原來『阿契里斯』的故事是真的～～」

接下來的景象，更是詭異至極——

莓子在距離小夢不到五公尺的地方，居然從腳到頭，逐漸分解成無數個細小粒子，像被果汁機打碎的水果一樣，形成一個黑色隧道般的漩渦，然後洞口逐漸變小，終於消失在空氣中。

莓子的腳踏車甚至追了幾步，便孤伶伶的倒下來，巧兒也掉出來了。小夢驚慌之餘，也跳下她的腳踏車，四處尋找莓子的蹤跡。

風中仍迴盪著小夢最後的呼喚：「莓子……莓子……妳在哪裡……莓子……妳在哪裡……」

小夢氣喘吁吁的蹲在地上，急得眼淚都快掉下來：「莓子！妳跑到哪裡去了嘛……」

這就是莓子失蹤的全部經過。

當小夢說完，我和蠻牛都張大嘴巴，顯出很吃驚的樣子。「這太離奇了！這太不可思議了！」

小夢冷冷的說：「反正，我看到的一切，都已經說出來了，現在可以放我走了吧？」

蠻牛收回他的球棒，小夢伸手要回那隻丟中我的高跟鞋，很快的穿回去，然後頭也不回的走了。

我們兩個跟在後頭，一邊往學校的方向走，一邊陷入五里霧般的迷思之中。一個好好的人，怎麼會突然在空氣中消失了呢？

進了教室，小夢走到自己座位，很用力的放下書包，還瞪

了蠻牛一眼。我則感覺腦袋轟轟作響，想不透莓子無緣無故失蹤，竟與一道數學題目有關——

阿契里斯與烏龜賽跑。這是前天雙木老師在數學課所教的一道習題。

這則數學題目是：在古希臘時，阿契里斯是跑得最快的戰士，速度可達每秒十公尺；現在他面前二十公尺的地方，有一隻每秒跑零點一公尺的烏龜。請問，阿契里斯將在第幾秒之內追到烏龜？

當雙木老師在黑板上寫出這道題目，班上成績優異的小夢立刻起立搶答：

「在第三秒就能追到烏龜！因為阿契里斯花二秒跑完二十公尺之後，烏龜只往前跑了零點二公尺。所以他在第三秒的時間裡，就能追上烏龜！」

說完之後，全班響起熱烈的掌聲和歡呼聲。

雙木老師也豎起大拇指，稱讚說：「真不愧是副班長啊！你的運算能力真是本班第一名！」

不料，一聽到老師稱讚別人，我們班長冠軍的眼神忽然變了個人似的，不但臉部表情看起來很恐怖，全身還不停地抽搐著。

有病。

不是我在罵他啦。是他真的有病啦。

其實冠軍得了一種叫做「第一名強迫症」的病，他沒辦法接受自己是第二名——他曾經因為這種病被送進醫院，做過長期的精神治療。

據醫生說，冠軍只有每次都保持第一名，情緒才會平穩，就像吃下最有效的心理治療藥物；還好他轉到奇蹟小學，成績也是第一名。但是，任何誇獎別人第一名的字眼，都可能觸發他的病症……當雙木老師稱讚小夢第一名時，冠軍就如同著了魔般，十根手指在隨身攜帶的ePAD上快速飛舞。

不一會兒，ePAD發出一聲奇怪的鳴叫。冠軍很有信心的說：「我的電腦程式顯示：阿契里斯永遠都追不上烏龜！這才是正確答案。」冠軍不禁得意的挺了挺胸膛，完全看不出他的聖獸被打敗時快哭了的樣子

大家不免發出一陣驚呼。

阿契里斯跑得那麼快，烏龜爬得那麼慢，可是他卻追不到牠？

連雙木老師的信心也動搖了，畢竟電腦還是比人腦厲害很多。他用心虛的口氣問：「冠軍同學，請你解釋一下電腦的答案！」

冠軍頓時快如連珠炮般唸出以下的分析：

當阿契里斯花了二秒，到達烏龜原來的位置，烏龜已經爬到更前面的零點二公尺……

當阿契里斯又追到前面零點二公尺的地方，烏龜又往前爬了一段

距離……

等到阿契里斯再往前追，追到烏龜的所在地，烏龜又往前移動了一些……

所以，每當阿契里斯追到烏龜原先的地點，烏龜就又已經向前移動；因此，即使只有毫釐之差，跑得快的阿契里斯永遠追不上爬得慢的烏龜！

聽完冠軍的解答，雙木老師偏著頭想了半晌，然後支支吾吾的說：

「這樣的推論好像有一點矛盾，可是又說不出矛盾在哪裡……嗳，真傷腦筋……算了算了，過度思考會消耗我的腦細胞，更嚴重的話，還會增加我禿頭的風險……反正電腦一定不會有錯，追不到烏龜就追不到烏龜吧！」

一陣嘈雜聲打斷我的回憶，原來是遲到的阿比匆匆趕來；他正打算一屁股坐下時，就被正在嘆氣的雙木老師看到了。

阿比卻露出猙獰的面孔，張牙舞爪的說：「遲到不行嗎？想體罰我嗎？小心我去家長會投訴你！」

雙木老師想要開口解釋，就被阿比口中噴出的滔滔江水給淹沒。阿比劈哩啪啦一陣亂罵之後，居然大聲地對雙木老師說：「還不給我去罰站！」

雙木老師只好用游的，游到教室走廊罰站。他走出門口時，還用和藹可親的態度對冠軍說：「冠軍同學，這節數學課可不可以借用你的ｅＰＡＤ來教學？我覺得人腦總是容易出錯，還是電腦比較可靠……」

冠軍很高興的答應了。

不過，看著雙木老師恭敬地捧著電腦，走出教室，將課本裡的習題一道道鍵進去，我卻感到憂心忡忡。

因為再怎麼說，電腦也是人腦發明的，可是現在，大家竟然寧願相信電腦，也不肯相信人腦；如果一直這樣下去，總有一天，我們人類就會發動一次大規模的選舉，再一起投票給電腦，讓它來統治全世界。

6

再戰金蠶獸

下課時，冠軍興沖沖地跑過來找我，展示他手中最新的數碼聖獸。

「啊！是金蠶獸二代耶！」我眼睛一亮，幾乎大叫出來。金蠶獸的外型有如一條披著斑斕盔甲的毛毛蟲。

冠軍驕傲的說：「這可是我向唸科技大學的堂哥哀求了好久，他才願意借給我的喲！」

「哇！威力一定很猛吧？」我問。

冠軍做出一個「那還用說」的表情。其他同學也注意到他的踐樣，紛紛上前圍觀。冠軍清清喉嚨，提高音量說：「這隻金蠶獸在我表哥的學校，已經和三十幾隻各式各樣的聖獸對打過，當然也包括『青龍獸』（說出這三個字時，聲音還拉得特別長），目前保持全勝零敗零平手的紀錄！」

「哇！聽起來好厲害耶。」同學們都用稱羨的語氣說。

咦？他的DSA的機身側面，還插了一張我從未見過的記憶卡。

我問：「那張插卡有什麼作用？」

他不屑的說：「連這個都不知道？這是聖獸戰力卡，價錢很貴的！裡面燒了一些功能超強的戰鬥程式，還有各種不同的祕密武器，可以提升聖獸戰鬥值達百分之一百六十以上！」

「真是太酷了！真想見識一下金蠶獸的戰力到底有多強！」我驚嘆的說。

冠軍忽然不懷好意的看著我，他冷笑說：「你很快就可以看到金蠶獸的實力了！」

「你……你不會向我下挑戰書吧？」我以試探的口氣問他，還故意發出幾聲乾笑，掩飾心中的不安。

「沒錯！我冠軍，現在代表金蠶獸，正式向你的青龍獸提出挑戰！」

聽到冠軍的回答，我的神情已經從原先的驚嘆轉變為驚恐了。我心中大叫不妙，因為照現在的局勢來看，功能簡單的青龍獸想與裝備齊全的金蠶獸對抗，就像拿玩具槍的童子軍想與全副武裝的特種部隊作戰一樣。

身旁圍觀的同學們，也在靜靜等待我的反應。「那……那……」我只能硬著頭皮，乖乖掏出青龍獸，並很不捨地看了它一眼。

冠軍則是兩眼發亮，猛吞口水，迫不及待的將兩台遊戲機連接上線。

機器螢幕閃出「預備」的字樣，並響起一段悅耳的音樂，兩隻聖獸開始進入第一回合的對決。

「真不愧是進化到第二代的聖獸！」我被金蠶獸的移動速度嚇了一跳。

雖然冠軍的手指靈活度不足，金蠶獸感知按鍵的靈敏度卻很強，所以游移非常快速。螢幕上的金蠶獸，幾次輕易躲過我發射的龍波彈，隨即老實不客氣的回敬一陣雨點般的毒芒針，竟差點將青龍獸幹掉。

更慘的是，即使青龍獸安然躲開敵人攻擊，然而，戰鬥情況越是驚險，青龍獸的體力和情緒指數就下降越快。等到第一回合結束，青龍獸很明顯的居於劣勢。

中場休息時，冠軍高舉雙手，接受其他同學的歡呼，彷彿已經取得最後的勝利。

我只能拚命想對策，看能不能撐完三回合，打個平手。

不一會兒，螢幕又閃出「預備」的字樣，音樂再次響起，兩隻聖獸進入第二回合的對決。

這次青龍獸更是陷入苦戰之中。

難以計數的毒芒針和龍波彈，在螢幕裡互相碰撞、引爆，發出璀璨奪目的火光；隨著青龍獸各種指數逐漸降低，火光和青龍獸的距離也越來越近。

這也表示，金蠶獸的毒芒針快突破了龍波彈的防線，朝青龍獸進攻而來。

不久，青龍獸體力指數降至警戒區，發出「嗶！嗶！」的聲響，已無法再發射龍波彈了。

「青龍獸！勇敢的迎接死亡吧！」我在心中吶喊著。

接下來，金蠶獸大可以輕輕鬆鬆的解決青龍獸，不過，冠軍似乎很享受此刻的優越感，他才不要三兩下就解決對手，而要像貓咪戲弄手中的老鼠般，放開牠、抓回來，放開牠、再抓回來……

等到玩膩了，再一口吃掉牠！

現在金蠶獸隨便吐出一兩枚毒芒針，青龍獸就得疲於奔命，躲開迎面而來的攻擊。冠軍不停的大笑，我則累得滿頭大汗。

過了一陣子，金蠶獸忽然停止攻勢，靜止不動，吐出一圈圈的白絲。而青龍獸經過這一分多鐘的休息，體力指數也回升一些，又能夠發出攻擊武器了。

我看機不可失，趁機連發十幾道青綠色的死光！雖然這會快速消耗青龍獸的體力，卻是打贏金蠶獸的最佳時機。

一陣猛攻之後，我發現這也是對方的欺敵陷阱——停下來吐絲作繭的金蠶獸，不能自由行動，固然容易引起對手激烈攻擊，可是牠並不會受到任何傷害，反而藉機吸收對方的攻擊，再轉為自己的體力。

我趕快停止對金蠶獸的火力，靜觀其變。

這時候，金蠶獸完全被包裹在一層厚厚的白繭裡，一動也不動。冠軍得意的五官都移了位置。他說：「來呀！繼續攻擊呀！金蠶獸每吐繭一次，戰鬥值就提升一次，最高可達……」

我不耐的接口說：「百分之一百六十以上嘛！」

原來，他讓青龍獸苟延殘喘，也是為了炫耀金蠶獸的戰鬥程式。

金蠶獸很快就破繭而出，並長出一雙翅膀。這讓牠的活動範圍從平面變成三度空間，除了左右移動，還可以上下飛舞，輕易閃躲敵人來襲，進而發揮更有效的攻擊！

牠張開大口，放出一隻隻小飛蛾，朝青龍獸而來，不論青龍獸如何躲避，蛾群都會緊追不放；而且只要一沾上敵人，就像自殺飛機一樣引爆開來。我一時反應不及，青龍獸便被炸掉一隻角和一隻眼睛，牠的情緒和體力的指數都降到警戒線以下了。

冠軍則是殺紅了眼，興奮的叫著：「這種迷你追蹤飛彈很厲害吧！哈哈哈哈……」

我靈機一動，想起ＤＳＡ攻略本裡面的七大究極絕招之一——依序按下左、右、左、右鍵，青龍獸耗盡全部能量，仰天發出一聲長嘯，朝著金蠶獸噴出強烈的火燄。

我打算和金蠶獸同歸於盡，或許幸運的話，還能打個平手。這一招來得又快又猛，我估計金蠶獸就算不死，體力和情緒也會大減，甚至戰鬥值也會降回蛻變之前的水平。

豈料面對來勢洶洶的火燄，金蠶獸頓時捲成一圈，用背面堅硬的蠶甲抵擋烈火，根本毫髮無傷。

青龍獸終於不支倒地。這時候，只要金蠶獸隨便出招，就能獲得勝利，接收青龍獸殘餘的體力和情緒，並提升0.5E的戰鬥值。

「青龍獸，乖乖受死吧！我現在要替白虎獸報那一腳之仇了……瞧瞧金蠶蠱的必殺技——瘴癘氣吧！」冠軍一邊冷笑，一邊用力按鍵。

我不忍心看到青龍獸被消滅，於是緊閉雙眼……

「咦？怎麼會這樣？」冠軍驚訝的說。

我睜開眼睛，發現螢幕上的青龍獸還活著，而金蠶獸？金蠶獸呢？

牠居然激烈的發起抖來，活像一條被人上下甩動的水管，一會兒又僵直的倒在地上，彷彿一根被人丟棄的拐杖。

「怎麼會這樣子？是不是程式中毒了？」冠軍拚命按著鍵，金蠶獸卻癱在地上，呈Ｓ狀微微蠕動著，變成一尾要死不死的爛蛇。

金蠶獸沒來由的表演一堆怪姿勢，看起來真的很好笑。隨著一旁圍觀同學的竊笑，冠軍的臉也越來越紅了。

大家再也忍不住了，「轟」的發出一場狂笑，我也跟著笑了出來，但是隔壁班的阿Ｐ同學更過分，笑得眼淚都飆出來，真是太沒有同學愛了。

冠軍可能覺得很丟臉，他不顧一切亂按亂按，金蠶獸果然恢復正常，又捲為圓形，形成一個牢不可破的防護圈……「喀茲、喀茲、喀茲喀茲、喀茲喀茲喀茲……」金蠶獸發瘋了，牠竟咬住自己的尾巴，一口口吃起自己的身體；只見螢幕上的圓形正慢慢變小。

其他同學簡直笑到快爆了，我也笑到肚子超痛的；隔壁班的阿P同學更誇張，他笑到停不下來，已經跑去用頭撞牆了。

當金蠶獸的身體剩下一半左右，就自行爆炸身亡了。冠軍發出一聲悽慘的怪叫後，也不見人影了。我朝著冠軍消失的方向，大聲告訴他：「冠軍同學，千萬別做傻事呀！」

這時候，阿比從人群中走出來，悻悻然的說：「真是怪事！最近鎮上的電子設備好像都會莫名其妙的發生故障？我今天會遲到，就是因為這只手錶的數字亂跳，害我算不準上學時間。」

聽到阿比這番話，同學也搶著發表意見：

「對耶，我爸媽的手機都莫名其妙的打不通了！」

「難怪我們家所有家電設備的遙控器也都不靈了！」

「我叔叔在警察局工作，聽他對別的大人說，鎮上的反犯罪連線系統遭到病毒侵入，可能會出現嚴重的漏洞喲。」

「啊！昨天的電視新聞也有在說，國防單位發現許多軍事武器在一夕之間無法動彈，已引起聯合國方面的嚴重關切……」

聽著聽著，我的頭上忽然冒出一顆電燈泡！我好像想通這個問題了說——

昨天被蠻牛和我痛打的外國黑衣人，一度說溜了嘴，他們的任務是傳播病毒程式，讓它產生大量電磁脈衝，除了癱瘓偵測系統，更能透過無形的電磁破壞力，影響所有電子儀器的正常運作，進而瓦解奇蹟小鎮的軍事防線……。

所以，阿比的太陽能手錶，還有冠軍的ｅＰＡＤ與金蠶獸，還有許多影響更重大的電子儀器，都可能基於一場犯罪計畫而無故失常。

不過就算冠軍的ｅＰＡＤ失常，算出邏輯不通的矛盾解答，這和莓子失蹤又有什麼關係？

唉！雖然想通一個小問題，卻又引起另一個想不通的大問題。

我決定現在最好還是不要多想，趕快把我的DSA調到維修模式，修好青龍獸，再進入保養模式，把牠的戰鬥值保持在最佳狀態，這才是目前最重要的事。

這時候，學校的擴音器突然響了起來，是校長先生的聲音：「報告！報告！四年甲班的周小星同學，請立刻到校長室來，有兩位訪客要找你……」

有人找我！

會是誰呢？

會不會是什麼啥科技大學、能改造數碼聖獸的堂哥？我的青龍獸也好想升級喔！

7

進入反宇宙

我喊了一聲：「報告！」，走進校長室。

侏儒校長正坐在沙發上招呼客人。原本身材就不高的他，整個人深深陷在沙發裡，好像快被沙發給吞噬了，樣子滑稽而可笑。

不過，一看到要找我的那兩個客人，我頓時兩腳發軟、冷汗直流，再也笑不出來了。

因為，他們裡面的其中一個，就是曾被我和蠻牛教訓過的黑衣老外，他從下滑的墨鏡露出恐怖的藍眼睛，不懷好意的盯著我。另一個坐在他身邊的幫手，也是老外，具有虎背熊腰般的體型，顯得十分孔武有力，卻同樣穿著貼身的黑西裝，幾乎要把鈕子給撐掉。

校長撥了撥已剩沒幾根的頭髮，臉上露出尷尬的苦笑，走過來對我說：「阿星啊，你總算來了。這兩個外國人，是M國國安局資訊情報處的幹員，這次被派駐到我們奇蹟小鎮，主要任務是評估本鎮的資訊安全等級，並對鎮民們的資訊常識做抽樣調查；而你，剛好是被選中的樣本，所以你必須跟他們回到臨時調查室填寫一些問卷。」

「綁架！」我的腦袋迅速閃過這樣的字眼。

這是一種變相的綁架！

我立刻躲到校長背後，偷偷對他說：「校長校長，你確認過他們的身分嗎？他們會不會是專門誘拐小孩子的壞人？」

「這個嘛……他們有給我看一份M國的證件啦！不過都是外國字……」校長說著說著，臉色忽然變得很嚴肅：「咦？我跟你說這麼多幹嘛？反正這些老外是要來幫我們奇蹟小鎮的，不是要來害我們奇蹟小鎮的，你就乖乖的跟他們去，記得仔細做問卷調查，別丟學校的臉喔！」

校長把我交給這兩個老外（被我踹過的那個藍眼睛，立刻用力扣住我的手腕），然後對他們不斷的鞠躬、陪笑，目送我們走出學校。

幾乎是被強拖著走的我，看著校長漸漸遠去而更顯卑微的身影，竟然有種悲哀的感覺……

我一定要想辦法反抗！

兩名挾持我的黑衣老外，刻意迴避熱鬧的街道，改走無人的小巷，經過一個堆放廢棄雜物的轉角，我發現吉米和一堆阿貓阿狗們正在閒話家常。

這是我逃離歹徒魔掌的好機會。

「咳米！咳、吉咳、咳米！吉米、咳咳！」我一路佯裝咳嗽，對吉米發出求救暗號，果然產生作用。吉米聽到我的聲音，兩隻耳朵立刻警覺的豎立起來，並機伶伶的尾隨在我們後面。

終於來到偏僻的海邊。

藍眼睛粗魯的推開我，並從襯衫口袋掏出一枝手槍說：「T1，我說的就是他！上次我尿急到處找廁所，卻意外引起他和另名孩子的懷疑，害我不小心說出這次的任務機密！」

壯老外又說：「T2，你也太粗心了！早在半年前，我國天文單位發現這顆即將撞擊奇蹟小鎮的隕石，就計畫癱瘓全鎮的軍事防線，再以保護弱小國家為名，派兵進駐鎮上，一步步取得它的政治主權！這是一項高度機密的任務，差點就讓你曝了光……

「上級已經指示，必須在最短時間內殺人滅口，然後盡快偷渡回國……接下來，就由作風強勢的駐外代表來收拾殘局，他會一口否認我們的身分與罪行！」

「狗屎！搞不好，我回去還得接受處分！」

「噓！別再用他們的母語交談了，這小孩子聽得懂呢！」

「聽得懂又怎樣？想要告密，就去找閻羅王告密吧！哈哈哈……」T2一邊咒罵，一邊將槍管轉向我的腦袋。

我瞪大眼睛，發出一聲驚嘆：「這枝槍，係金A呢！」

T1挑挑眉毛，故意露出惋惜的神情說：「孩子，一切都怪你的運氣不好，千萬不要恨我們喔。」

我從未感到死亡如此接近過，萬分恐懼之際，也不禁高喊著：

「吉……吉米！快……快去……去咬他們……」

說時遲、那時快，吉米出其不意的撲向壞人，一口咬掉對準我的槍，然後帥氣的翻身落地，露出凶猛的眼神，全身則定格不動，等待下一個指令。

「吉米！帥斃了！多虧臭弟平日對牠的嚴格訓練！」

但我還來不及說出下一個命令，Ｔ１和Ｔ２就像兩頭發瘋的野象衝向我；我連忙拎起待命的吉米逃跑，眼前卻是一處直通海面的懸崖。

要往下跳嗎？

冷颼颼的強風，把海面掀起無數個魔眼般的漩渦，還激起一隻隻像魔手般的浪花。「如果

跳下去，一定會死掉的！」我想。

Ｔ１伸出雙手，奮力一躍，朝我的肩膀襲來。我彎身一閃，老外撲了個空，幾乎跌落懸崖。電光石火之間，他及時抓住我的腳踝，再攀住身邊的石塊，免去摔落的危險，我都被他拉得重心一偏，不慎掉下懸崖。

呼呼的冷風朝我臉上吹來，令我幾乎睜不開眼睛，吉米也被冷風吹得發出一陣驚天動地的哀嚎。

我看著逐漸接近的海浪，心頭一怔，忽然想到阿契里斯追烏龜的故事：

雖然我受到重力加速度而往下掉，但大海也正以地球自轉的速度緩緩遠離我——

請問多久之後，我會掉進海裡淹死？

答案是……

答案應該是……

噹噹噹。

我根本不會掉進海裡！

因為，每當我追到大海原先的地點，大海就又已經往前面移動了一點；因此，即使只有毫釐之差，掉得快的我永遠追不上慢慢移動的大海，所以也就不會掉進海裡淹死！

話雖如此，可是我還是清清楚楚感覺到，自己的身體在急速往下掉呀……

我閉起了雙眼，心想只有聽天由命了。

當我感覺身子停止繼續往下掉，睜眼一瞧，自己的手腳都還好好的。也就是說——

我沒有死。

再看看吉米，牠身上的毛，被強風吹得頂天立地、橫七豎八，一時之間，像極了全身長滿刺毛的刺蝟。

我左顧右盼，想弄清楚自己現在到底在哪裡，抬頭一望，一隻像飛碟般巨大的眼睛正在看著我。

神祕的大眼睛忽然說話了：「臭小子，你太靠近我了，能不能退後幾步？」

我趕快往後退開，大眼睛則相對地縮小，視野裡逐漸出現另一隻眼睛，還有鼻子、嘴巴……等等，最後出現了整個身體。

原來是一個中年的叔叔。

這位叔叔給人的感覺實在太奇怪了，他戴著一頂尖尖的高帽子，壓得很低的帽緣幾乎遮住那雙散發著魔幻力量的眼睛，削瘦的下巴留著一撮不怎麼正派的山羊鬍，一襲華麗的斗篷大衣恰好遮掩了裡面毫不搭配的破舊衣褲，腳上穿的則是高高翹起、裝飾著許多彩色絨球的小丑鞋。

還有還有，他手中拿了一根長滿樹結的拐杖，拐杖的頭部彎成一個半圓形，看起來就像是一個大問號！

我想：「要是換作以前的我，忽然來到一個陌生的環境，又面對一位裝扮怪異的陌生人，心裡一定會十分害怕。不過現在的我，被歹徒用槍指著頭，從險峻的懸崖掉落深不見底的大海，居然還大難不死！這就表示，連死神都放我一馬了，那我還有什麼好怕的呢？」

我可是一個見過大風大浪、萬中無一的超級小學生。

因此，我顯得出乎意料的冷靜。

我又想：「為了表示禮貌和友好，我最好先表明自己的身分。」於是，我抱起吉米，對他鞠了一個九十度的躬，說：「這位怪叔叔你好，我叫做周小星，牠是我養的寵物狗吉米，我們好像迷路了，不知道這裡是什麼地方？」

「你猜（同時舉起那根大問號）？嘎嘎嘎……」怪叔叔從喉嚨發出一陣難聽的笑聲，好像幾千年沒喝過水似的。

「我該不會來到什麼益智猜謎節目的錄影現場吧？攝影機架在哪裡？」我自言自語的說。

怪叔叔的身體忽然像電燈泡般發亮了一下，說：「阿星，你闖進反宇宙的領域了……而我，就是這個世界的嚮導，你可以稱呼我是『玄妙難測、智慧卓越、瀟灑倜儻、玉樹臨風的謎（這裡還要配合立正不動姿勢）～～語精靈』！嘎嘎嘎嘎……」

這種尖銳刺耳的笑聲，比雙木老師用長指甲刮黑板的聲音還要可怕，頓時讓我有摀住耳朵的衝動。好不容易，我總算忍了下來，臉色發青的說：「原來你叫做『謎語精靈』……」

我將心中一連串的疑惑，一股腦兒都丟給他：「我為什麼會進來這個世界呢？這個世界和我們那個世界有什麼不同？還有啊，我要怎麼回到自己的世界去？」

謎語精靈又舉起問號拐杖，神祕兮兮的說：「你猜？」

猜？

我猜不出來。

還是別問他了，不如自己四處走走看看，說不定就能找出什麼回家的線索。看到我們準備離開，謎語精靈反而急了，他追上來說：「自從五千年前那次之後，已經好久沒人類陪我玩猜謎與遊戲了……這樣吧，只要你們願意陪我，我請你吃東西，再告訴你這個地方的故事，附近有一間店很不錯喲！」

我比著自己問：「我真的可以去嗎？」

「沒問題的！」

「汪！」吉米也比著自己叫了一聲。

「當然也歡迎你的狗一起來！」

8

由夢形成的世界

我和吉米跟在謎語精靈後面，往海的方向走去。沙灘上的椰子樹林下，有一間名叫「海星」的糖果屋，正在緩緩移動著。

這間海星，蓋得很像真的海星；不僅是鮮橘色的星狀建築，甚至在粗糙的表面上，還有細細的絨毛。

我們一行人走進海星白色底部的暗門，來到屋內，我赫然發現——這是一間活的海星屋！四周牆壁的圖騰花紋，就是它的腔腸構造。

從海星透氣孔形成的窗口往外看，它的五隻腳，正以十分緩慢的速度，沿著海岸線「爬行」……不！說是「蠕動」可能更貼切。

謎語精靈對我說：「這間店有很好的活動景觀，只要待一個下午，你就能遍覽沿岸風情。」

老闆是一位身材肥胖的中年男子，圓滾滾的肚皮、圓滾滾的臉蛋，還有圓滾滾的鼻子，就像展示罐裡各種大小不一、色彩鮮豔的糖

果。看見謎語精靈走進店裡，他連忙招呼說：「喔，原來是反宇宙中最聰明、最機智的謎語精靈呀！」

謎語精靈回給對方一個「說得對極了」的得意笑容。

老闆接著說：「歡迎歡迎。你上次出的那道謎語，什麼『千根線、萬根線、落到水裡就不見』來著，我到現在都還想不出答案耶……」

「嘎嘎嘎嘎嘎……」謎語精靈笑得眼睛都瞇了。

吉米不管三七二十一，立刻輕快地跳上吧台旁的圓凳上，將鼻球緊貼著玻璃桌面拚命嗅著。現在對牠來說，桌面下來自不同星球的動物造型巧克力，遠比什麼謎語或回家之類的話題，更能吸引牠的目光。

老闆笑容可掬的說：「噢！真是聰明的狗狗。」

吉米竟學人類一樣，回給對方一個「說得對極了」的詭異笑容。

老闆輕輕捧出一隻巧克力，放在吉米面前，說：「這是瀛洲星的狐狸巧克力，在吃之前必須注意……」吉米已經把它咬進嘴裡。

不到三秒鐘，吉米哀嚎一聲，又把那塊巧克力、連同一顆狗牙吐出來。

狐狸巧克力居然變成一塊石頭！

老闆苦惱的說：「當狐狸巧克力發覺自己要被吃掉，就會變成石頭，咬都咬不動！所以嘍——」說著說著，又拿出一小罐巧克力醬，一邊示範一邊解釋：

「要把狐狸巧克力沾滿巧克力醬再吃，這樣

廣告回函
北區郵政管理局
登記證北字9600號
免貼郵票

九歌出版社　健行文化出版　Ten Points 天培文化

10558 台北市松山區八德路3段12巷57弄40號

九歌出版社有限公司收

姓　名：＿＿＿＿＿＿　性別：男□　女□　出生：＿＿年＿＿月＿＿日

手　機：＿＿＿＿＿＿　電話：（　　）＿＿＿＿＿＿

e-mail：＿＿＿＿＿＿　地　址：□□□＿＿＿＿＿＿

教育程度：□國中(含以下)　□高中職　□大學專科　□研究所(含以上)

與好友分享《九歌書訊雜誌》

推薦三名不同地址的好朋友，他們將分別免費獲贈《九歌書訊雜誌》

姓　名：＿＿＿＿＿＿　地址：□□□＿＿＿＿＿＿

姓　名：＿＿＿＿＿＿　地址：□□□＿＿＿＿＿＿

姓　名：＿＿＿＿＿＿　地址：□□□＿＿＿＿＿＿

您可以選擇免貼郵票寄回、將正反資料回傳，或是上網登錄 九歌文學網 http://www.chiuko.com.tw
電話：02-25776564 傳真：02-25706920

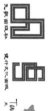

隨時隨地 擁有閱讀的美好時刻！

九歌文學網 http://www.chiuko.com.tw

讀者回函卡

謝謝您購買本書，我們非常重視您的意見與想法，請您費心填寫並寄回給我們！

● 購買的書名________________

● 購買本書最主要的原因（可以複選）：□書名 □內容 □封面設計 □價格便宜 □整體包裝 □作家

□其他，告訴我們你的想法：________________

____

____

● 您如何發現這本書：□書店 □網路書店 □書訊 □廣告DM □報紙 □廣播 □電視 □親友介紹

□其他________________

● 下一本你想買的書，主題會是：□華文創作 □翻譯小說 □生活風格 □少兒文學 □勵志學習

□兩性成長 □醫療保健 □旅遊美食 □藝術人文

● 您通常用哪一種方式購書：□郵購 □逛書店 □網路書店 □劃撥 □信用卡 □傳真

□其他________________

狐狸就不知道將要被吃掉了。」

儘管吉米口水流了滿地，老闆卻把巧克力送進自己的嘴裡，「太好吃了！真不愧是我最愛的口味！」

看到吉米失望的眼神，老闆不好意思的說：「我想……這個可能會適合你。」他戴上安全手套，小心翼翼地拎出一只小鐵籠，裡面關了一隻像變形蟲般、激烈掙扎的巧克力。

「這是修羅星的異形巧克力，雖然造型醜了點，

味道也不錯啦！」

老闆戒慎恐懼地，慢慢打開鐵籠的小門，異形巧克力一鑽出桌面，吉米就一口把它吞進肚子裡。牠舔舔嘴角，又左右晃動尾巴，盯住其他巧克力。

「慘囉！我還沒馴服它的野性，它起碼要再過一個月才能吃，不然的話……」吉米全身浮起密密麻麻的血管，每一條血管裡好像有幾千隻蟑螂在遊走。從牠的樣子看來，顯然感覺又痛又癢，只好躺在地上不停翻滾、磨蹭。

老闆趕快脫下手套，倒來一杯濃稠的黑色液體，倒進吉米嘴裡，說：「喝下我特別調製的陳年苦茶，就能化解某些野生可可豆的毒性了。」吉米雖然恢復正常，舌頭卻苦得眼淚都飆出來了。

「為了補償我的疏失，免費請你試試這個吧！」老闆取出另一種巧克力，看了一下，就擱在一邊，說：「對不起，我拿錯了！應該這

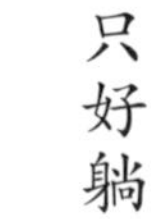

一種才對……」又伸手進去找。

吉米仔細觀察桌上的巧克力，是一位長著翅膀的小男孩，用圓圓的鼻球去碰，它竟害羞的用手掩住臉。吉米露出勝利的神情，一口叼起那塊巧克力，一溜煙就跑出海星屋。

老闆緊張的喊著：「喂喂喂！那是美人星的愛神巧克力，不能隨便亂吃呀！」

謎語精靈和我都忍不住笑了起來。

後來，我們一人點了一杯冰沙飲料。我的這杯，是藍色液體內含有一粒粒彩色砂糖的銀河口味；謎語精靈的那杯，是含有酒精成分、混濁的墨紅色液體，叫做大爆炸口味。我輕啜了一口，舌尖立即傳來清涼和放鬆的感覺，眼前還閃過幾秒在銀河飛翔的畫面。「哇！太神奇了！」我驚訝地叫出聲來。

謎語精靈也喝了一口，表情卻顯得十分怪異，說不出到底是痛苦還是舒服。過了幾秒，他深深吐了一口氣，說：「這種滋味，真是叫我迷戀……」

我好奇的問：「那是什麼味道呢？」

謎語精靈全身亮了一下，說：「很難形容……像是經歷死亡的痛苦，又嘗到重生的喜悅……啊，很像你們那個世界的一種食物，叫做『哇沙米』！」

我把話題一轉，又問：「謎語精靈，你說這裡是『反宇宙』，和我來的那個宇宙有什麼不同啊？」

謎語精靈舉起他的杯子晃了一晃，裡面的液體居然爆出幾點零星的火花，夾雜著幾聲隆隆的爆炸聲。他身體又亮了起來，說：

「阿星，你有沒有聽說過：一切事物都源自於一個大爆炸？」

我說：「這個我知道！我看過Discovery頻道的天文節目。」

「然而，大爆炸後出現了兩種東西，一種叫做『物質』，形成你們生存的那個宇宙；另一種叫做『反物質』，形成我們生存的這個反宇宙。」

「那麼，這兩者之間，又有什麼關係？」

「這很難解釋……。嗯，簡單的說就是：你們的宇宙，是我們反宇宙的一場夢；而我們的反宇宙，也是你們宇宙的一場夢。不論宇宙或反宇宙，組成元素都是同一種東西——就是對方的『夢』。」

一個世界，是另一個相反世界的「夢」？

這點我很不能接受，又問：「你是說這個反宇宙，只是我們那個宇宙的人們的夢？」

「嘎嘎嘎嘎……」謎語精靈笑說：「沒錯！你看店裡的老闆，就是來自你們那個世界裡、一名四十三歲香港調酒師的夢；而這座海星屋，則是來自一名六歲挪威男孩，以及一名十二歲泰國少女相同的夢！」

我問：「你怎麼知道？」

謎語精靈全身又發亮了。他回答說：「因為海星屋和老闆也會做夢，夢見那些『夢到自己』的人。」我忽然發現一件有趣的事情，就是每當謎語精靈要回答問題時，身體就會發出幾秒的光亮。

說著說著，窗口忽然飛過一隻翩翩起舞的花蝴蝶。

謎語精靈指著那隻蝴蝶說：「夢見這隻蝴蝶的人，在你們那個地方，是一個非常有名的人，名字好像叫做『莊周』來的。他曾經懷疑究竟是自己夢見蝴蝶？還是蝴蝶夢見自己？據說後來他修成了仙，長生不死，這隻蝴蝶也就活了幾千年之久啦！」

我囁嚅的說：「我還是無法相信……」

「讓我介紹一位新朋友，給你認識認識吧！」謎語精靈閉上眼睛，低著頭，嘴裡唸唸有詞，不一會兒，從他的斗篷後面走出來一個捲髮、黑臉的小女孩。

這個小女孩，看來好眼熟喔。

謎語精靈說：「她是你們那個世界裡，一個叫做莓子的女孩的『夢』。」

「啊！」我大叫一聲：「她是巧兒！而且是活的巧兒！」

謎語精靈說：「莓子曾經夢見她的娃娃活起來了，所以，這裡就出現了一個也能夢見她的活娃娃。」

巧兒踮手踮腳的來到我身邊，笑咪咪的說：「從小我就一直夢見自己變成別人的布娃娃，而且最近，我還夢到你喲！阿星哥哥，我很喜歡這種新造型！」

我一時面紅耳赤，只好低頭玩起自己的手指頭。

謎語精靈對我眨了眨眼，壓低聲音說：「當然，她也吸收了你對她的夢，才會變了個新樣子。」

聽到這裡，我對周遭事物的感受變得極其不同，彷彿看到神蹟般深深感動著……原來這裡的一人一事，一景一物，都是來自我們大家交互干涉的夢。而我們那個世界裡的一人一事，一景一物，也是來自這裡所有生物錯綜複雜的夢。

「太不可思議了。」我說。

「這就是生命的真相呀！」謎語精靈說。

我深吸一口氣，繼續發問：「那我……為什麼我會莫名其妙來到這裡？」

「你猜（又舉起那根問號拐杖）？嘎嘎嘎嘎嘎……」謎語精靈笑了。他又是怎麼來的？一部少了潤滑油的破機車的夢嗎？

我想了一下，說：「我猜不出來。」

「人類有八種不同的意外情況，會誤闖到反宇宙來——當頭腦陷入邏輯的矛盾時，正是其中的一種情況。」全身又發亮的謎語精靈說。

「我明白了！」我立刻恍然大悟，並說：「黑衣人的病毒程式，造成大量無形的電磁脈衝，影響了奇蹟小鎮所有電子設備，自然也影響了冠軍的ePAD，以至於那部機器做出矛盾的數學運算；而我在掉落懸崖的那一刻，聯想到矛盾的數學算法，卻意外打開反宇宙的大門，然後來到這裡！」

「沒錯。」謎語精靈摸摸自己的山羊鬍說。

我忽然想起一件重要的事，連忙又問：「那麼，莓子她也……」

這時巧兒卻開了口：「莓子和你發生一模一樣的狀況，早在你之前，就闖進了我們的反宇宙……可是，我沒辦法從夢境判斷她在什麼地方！」

謎語精靈嘆了一口氣，接著說：「希望她有足夠的好運，別碰上自己的『反物質』！」

「如果莓子碰見了自己的反物質，又會怎樣？」我問。

謎語精靈沉吟半晌，語氣凝重的說：「那將是一件很恐怖的事！」

「為什麼呢？」

「因為，在正常的情況下，只有生命面臨結束時，這個生命的物質和反物質才會自然相遇，然後雙雙爆炸，而這次爆炸將會產生另一組物質和反物質，等待某天再次相遇、爆炸，又產生其他物質和反物質……如此周而復始。」謎語精靈亮了一下，說：「你們現在卻貿然闖進反宇宙……」

我插嘴說：「所以，要是我和莓子在這裡遇到一個倒著走路的『反阿星』或『反莓子』，就會立刻爆炸消失？」

「其實……情況比你想的更危險！」謎語精靈說：「物質和反物質，除了特性相反，生命形式與數量卻不一定相關，例如：宇宙裡一個善良男孩的反物質，可能是反宇宙裡一隻邪惡的貓或一群邪惡的烏鴉；而一個溫柔女孩的反物質，則可能是一棵畸形的老樹或幾塊路邊的石頭——你根本無法預知你的反物質是什麼樣子？」

我突然覺得一股強烈的恐懼襲來，令我快要喘不過氣來——因為，我隨時隨地都有遇到「反」阿星而爆炸、消失，可是我又完全不知道對方究竟是什麼樣子。

此外，我更牽掛莓子的下落，她現在究竟安不安全呢？

謎語精靈和我喝完飲料，海星屋剛好繞行一趟海岸線回來，經過我誠懇的請求，他同意帶著巧兒幫我找尋莓子的下落。

「那麼……老闆先生！」謎語精靈拉長喉嚨叫著：「我們吃了這些東西，總共需要多少魔幣？」

「魔幣？」我第一次聽見這種字眼。

謎語精靈看我一臉好奇，就從腰間一只皮袋裡掏出整把金光閃閃的錢幣，告訴我說：「以前有人把這裡叫做『魔幻世界』，而我們流通使用的錢幣，也被叫做『魔幣』。」

我拿起幾個魔幣仔細研究，發現魔幣和一般圓形的金屬錢幣差不多，隨著錫、鐵、銅、銀、金……等等材質互異，背面鑄寫的面額價值也越高；然而，魔幣正面的人物肖像，各有不同，長相卻都很像普通的市井小民。

「阿星呀！我不是對你說過，當另一個世界的人夢見我，我就會在這個世界出現嗎？」謎語精靈說。

我點了點頭。

「假如……那些夢見我的人，醒來之後，還不斷的想起我、回憶我，那麼這些想法的能量，就會視它的能量強弱，變成我所擁有的不同面額的魔幣，上面則顯現他們的面貌。」謎語精靈說：「基本上，我們靠對方的思想能量來維持生命，也維持生活開銷！」

巧兒也打開身上的小錢包，取出一些魔幣。啊！有一些鐵幣印

著我的臉，還有更多金幣印著莓子的臉。「謝謝你們送給我的『關心』！」巧兒很天真的笑說。

謎語精靈說：「贏得越多人的關心，這個人就越富有——這是我們的價值觀。」

「不過，在我們那個世界，越富有的人，卻往往越寂寞！」我想。

老闆早就站在一旁等了。他看我們談完話了，就對謎語精靈說：「謎語精靈，我看這樣子吧！今天這些都

算我招待你們的，只要……」

謎語精靈斜睨了他一眼，從鼻子冷哼一聲：「只要什麼？」

「只要你告訴我上次那個謎語的解答就行了。天吶！我的頭都快想爆啦！」老闆皺著眉頭說：「『千根線、萬根線、落到水裡就不見』，那到底是什麼東西？」

「謝謝你的招待囉！」謎語精靈牽著我和巧兒，緩緩走出海星屋，最後遠遠丟下一句話：「謎底就是——下雨的『雨』啦！嘎嘎嘎嘎嘎……」這次，當謎語精靈回答海星屋老闆的問題時，身子發出的亮光卻較之前黯淡一些。

我正要摀上耳朵，以免謎語精靈的恐怖笑聲刮破我的耳膜，忽然之間，感覺褲袋裡多出一堆鼓鼓的東西。掏出一看，竟然是許多憑空冒出的魔幣。在這些魔幣中，有恰妹與臭弟的銅幣、爸爸的銀幣，以及更多媽媽的金幣……喔，還有一枚雙木老師的錫幣！

這表示他們都在想我，可能正在擔心我的安危吧！

我對著天空大喊：「媽媽、媽媽，請不要擔心，我一定會趕快找到莓子，然後平平安安的回家。」

9 可疑的腳印

離開海星屋，我們一行人沿著海岸線走著。

透過謎語精靈的一番說明，我對眼前的世界有了基本的了解，也更加驚異著：原來，每個人心裡的夢想，竟是如此豐富而精彩！

在反宇宙裡，天空的顏色是淡淡的紫羅蘭色，懸掛在上面的雲朵，顏色鮮豔繽紛，宛如遊樂園中販賣的彩色棉花糖——幾隻飛過的火鳳凰，還合力用尖嘴撕了一大片下來，喜孜孜的品嘗著。

而一望無際的的海洋，平滑如鏡，波瀾不興，可以輕易透視裡面的各種生物。我好奇地走近海邊，蹲下身來，用雙手掬取一把海水，發生的情形卻讓我訝異不已——因為手中的海水並未從我的指縫流掉，而像是一團沒有固定形狀的果凍，在我的掌中翻來覆去。

我貼近一瞧，裡面有一條皮肉和內臟都是透明的小魚，正在快樂的游著，乍看之下，還以為是一具活的魚骨頭在游泳呢！

海水果凍裡的小魚，突然跳竄出來，逃回大海裡去，我的臉上也

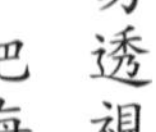

被濺了幾滴海水，用舌頭舔了一下：「哇！有藍莓的味道！」我興奮的大叫。這一大片的藍色海洋，都是藍莓口味的果凍耶！

謎語精靈說：「我們這個世界，大部分是由甜美的滋味構成的，連臭水溝裡流動的都是……」他解釋到一半，我就看到吉米躺在水溝旁，四腳朝天的癱在地上，挺著小山丘般的肚皮，嘴裡不時嘔出褐色的氣泡，散發著可樂的味道。

我急急忙忙跑過去，抱起吉米，並罵：「吉米吉米！你怎麼可以亂喝臭水溝的水……」可是罵到一半，連我也迷惑了：「如果臭水溝裡流的是可樂，那還叫做『臭水溝』嗎？」

耳邊忽然傳來一陣整齊的腳步聲，我揉揉雙眼，確信自己並沒有看錯……一個由數百朵「活的花」組成的向日葵部隊，自遠而近，大張旗鼓的朝這邊移動。它們高高抬起橘色的花瓣臉，整齊甩動著葉子手臂，還用沾滿泥巴的根、精神抖擻的踢著正步。這幅詭異至極的畫面，樣子看來實在太滑稽了。

「這是『陽光警察』！它們一向自認有維護世界和平的神聖使命！」謎語精靈對我擠了擠眼，訕訕然說。

帶頭的那株向日葵，好像聽見了謎語精靈對他們的譏笑，很凶猛的回過頭來。我們一行人連忙彎腰陪笑。

向日葵統帥神氣的把頭偏回去，卻不小心用力過度，折斷了頸部。路旁一隻蟻龍大聲笑了出來，連帶噴出一團火燄，差點燒焦了這些陽光警察，卻也立刻被無數的荊棘警棍給制伏。

巧兒忍不住嘆氣說：「唉！豬籠草監獄又多出一名無辜的囚犯了！」

走著走著，前面有一處足球場大小的沼澤擋住去路；謎語精靈要大家繞路過去，別貿然涉水。「在反宇宙裡，居住在水裡的吃人生物起碼有四萬三千多種，隨便遇上其中一種，都會要命的！」謎語精靈

冷冷的說。

「在我們那個世界，居住在水裡可以被人吃的生物，起碼也有四萬三千多種；隨便其中一種遇上人類，也會要命的！」我在心裡偷偷說著，但沒敢真的說出來，怕破壞我們人類的形象。

這時候，受

過嚴厲格鬥訓練的吉米，又發揮守護主人的本能，牠將圓圓的鼻頭貼緊地面，自顧自的跟著嗅覺前進。

當我們一邊繞行這個不明的沼澤，一邊觀察它的形狀，卻有了更驚人的發現——這個沼澤，根本就是由一枚巨大的野獸腳印所形成的。

一隻不知名的巨獸，在這裡留下一枚深陷在泥土裡的大腳印，後來累積了許多雨水，繁殖了各種水草和水中生物，就成了一個沼澤。從腳印的面積和深度來研判，這隻巨獸起碼像一棟摩天大樓那麼高大，噸位自然也不在話下。

光是想像這隻巨獸的模樣，就足以叫人全身發抖、猛打冷顫了，更不用說，萬一真的碰上牠，會發生什麼不堪設想的事情。

我正想提議大家，快點離開這個恐怖的地方，這時候，巧兒卻突然尖叫起來：「我知道莓子的下落了！」

當巧兒說她知道莓子的下落時，我的心情立刻振奮起來。

我問巧兒：「妳起先不是說過，無法判斷莓子在什麼地方嗎？」

巧兒眨眨無辜的大眼睛，說：「是呀！雖然我的夢境就是莓子的真實遭遇，可是我這幾次所作的夢，只能看到莓子被關在一個黑漆漆的地方，卻無法判斷她到底在什麼位置。不過——

「最近有一次，我夢見莓子被一隻巨獸捉走，而牠長著利爪的腳，大小、形狀都和地上這枚神祕的腳印一模一樣！」巧兒說。

謎語精靈的身體驀然又亮了一下，他摸摸自己的山羊鬍說：「所以，莓子就是被這隻巨獸抓走的。只要我們跟著這枚腳印前進，找到這隻巨獸，也就可以找到莓子了！沒錯，就是這樣子……嘎嘎嘎嘎……」

Mirai 2012

遠處忽然揚起一陣風沙，竟是吉米朝我們飛奔回來。我正想開口罵牠跑去哪裡野了，定睛一看，後面居然還有一隻奇怪的動物追了過來。吉米一溜煙鑽進我的身後，躲了起來。我仔細研究這隻追著吉米的怪物，卻說不出牠究竟屬於哪一種動物。

這隻動物，大約是一匹幼馬的體型，前肢較小，後肢較為發達，像人一樣直立著，以跳躍的方式行進。牠的睫毛細長而捲曲，眼珠滴溜溜的轉著，偶爾還羞怯的望向吉米這邊……嗯，牠應該是母的。

可是可是，牠並不是袋鼠，因為牠的下腹沒有口袋，而且頭上冒出兩隻梅花鹿般的犄角，身上披著穿山甲般的光滑鱗片，四肢末端還長著蹄子。

「這是我們這個世界的特產動物，叫做『四不像』，因為牠是馬不像馬，鹿不像鹿，羊不像羊，豬也不像豬……」謎語精靈訕訕然說：「而且我看，牠現在還愛上了一條狗！嘎嘎嘎嘎嘎……」

我看看四不像，牠的眼睛居然變成了愛心的形狀，對著吉米猛放電波……再看看吉米，牠顯然很後悔的在地上翻滾，並用力搥打自己的肚子，試著努力吐出什麼東西來。

「是美人國的愛神巧克力！牠吃了那塊愛神巧克力！」我想起剛剛在海星屋的情況，不覺驚呼一聲。

謎語精靈：「吃下愛神巧克力，會散發一股強烈的異性魅力，傳給所有攻擊牠的對象！還好吉米事先吃了這種巧克力，不然可能早就被四不像吃了！」

我看四不像溫和的樣子，想不出牠有什麼可怕的地方。

謎語精靈又說：「阿星呀！你可別看四不像的樣子，好像有點其貌不揚，其實牠是很驍勇善戰的。以前有隻四不像偷偷跑到你們的世界去，還幫助一個叫做姜子牙的人推翻腐敗的王朝，況且牠對於敵人的警覺性很夠，紫色淚水還是一種很好的止血藥喲！」

我忽然注意到，謎語精靈發出的亮度越來越微弱，讓我的心覺得很不安。

10

謎語？線索！

我們走過一處廣闊的大草原，沿途發現一堆堆纏繞捲曲的銀白色鋼條。

我不禁問：「這些漂亮的鋼筋，是用來蓋房子的嗎？」

謎語精靈的臉色很沉重，並沒有講話。我再看看巧兒，她帶著發抖的語氣告訴我：「這些是散落的獸毛……從捉走莓子的巨獸身上掉下來的。」

我走近那些所謂的獸毛，一股腥羶的味道迎面而來。果然是屬於動物身上的東西。這隻神祕巨獸的輪廓，逐漸在我的心底清晰浮現，一陣寒意竟從腳底迅速衝上頭皮。

接著是一路上的沉默。我們爬過一個不算高的小山丘，沿途兩排的樹木，紛紛舉起像手臂般茂密的枝葉，跳著啦啦隊的舞蹈，來為我們加油打氣。我看得目不轉睛，心中發出陣陣驚嘆：「這些奇異的景象，都是出自每個人的夢境……大家的想像力，未免也太豐富了

吧！」

經過小山丘，眼前是一處低平的山谷。謎語精靈的身體閃閃爍爍，他打破沉寂說：「我們接近了那隻巨獸的地盤！」

突然間，從遙遠的山谷那邊，傳來一陣驚天動地的狂嘯聲，甚至驚動森林裡的飛鳥走獸，各自慌張地四處逃竄，連四不像也拒絕前進了。謎語精靈皺眉頭說：「如果我的判斷沒錯的話，這是白虎獸華爾發出的警告！」

「白虎獸華爾？」我、巧兒和吉米，都用一種疑惑的眼神看著謎語精靈。

我想起王小明養的數位白虎獸，要是反宇宙的白虎獸就像它一樣肉腳，那根本沒啥好擔心的。

謎語精靈身體一閃一閃的，像是一顆快壞掉的燈泡。他說：「華爾是由你們那個世界所有人的憤怒意念，所形成的一種恐怖魔獸……

萬一莓子是被牠捉走的，我們的麻煩就大了！」

巧兒問：「我們有可能打敗華爾，救回莓子嗎？」

謎語精靈說：「也許……有百分之零點零零零一的機會！」

我的眼睛睜得像大肉包一樣，驚訝的說：「百分之零點零零零零一？」

謎語精靈思索了一會兒，又說：「嗯，也許不太正確，我總是太過於樂觀，打敗華爾的機會，應該只有百分之零點零零零零……」

我已經無心去數謎語精靈總共說了多少個零。他說了大概四分多鐘之久。

謎語精靈知道我並沒有理會他，就抽出問號拐杖，像小丑般在頭上熟練的揮動，身子還跟著轉了一個圈圈。他又將大問號貼近我的鼻尖，大喊一聲：「現在，又到猜謎語的時間了。請問：『什麼東西越用越多？什麼東西越洗越髒？什麼東西越打越強壯？什麼東西越暗它

越亮？』」

我嘴裡一陣嘀咕，覺得謎語精靈實在太不上道了。因為現在最重要的事，是如何打敗華爾、救回莓子，誰有心情和他玩什麼猜謎遊戲呢？

「阿星啊阿星！」謎語精靈說：「不要小看這些謎語，也許它在緊要關頭時，能夠提供一些幫助喲！」

這時候，吉米忽然一陣亂吠，像枝箭般迅速衝了出去，我們認為牠可能追蹤到什麼壞人的氣味，於是趕快跟上前去。

順著高陡的山谷坡勢滑下來，穿過一陣烏煙瘴氣的黑霧，揮走在頭上亂飛、像蚊子般大小的迷你白鶴群，又繞過一隻大如貨車、傷痕累累的癩蝦蟆（是誰在夢裡想出這種不倫不類的生物？），我們發現吉米對著一棵長著各種不同奇怪水果的樹，拚命似的大吠特吠。

「吉米！你為什麼叫得這麼凶呢？這只不過是一株普通的果樹

啊？」我說。

吉米仍然對著這棵什錦果樹大叫，對於我的話充耳不聞。

「吉米，我承認這棵樹很特別，可是你也不必……」我走近樹身，用手拍拍一串具有西瓜紋路的葡萄，再摸摸長成香蕉形狀的芭樂，卻被眼前更詭異的景象嚇得張口結舌，久久說不出話來。

原來，樹幹上浮現一個蹲著的人影，看得出來它正在哭泣的樣子，卻聽不到任何聲音。

一般來說，人站在光線充足的地方，就會產生影子，而且人和影子肯定是共同存在的；然而，現在投射在樹幹上的影子，卻脫離了它的實體，自己擁有獨立的生命。

更奇怪的是，我對於這個影子，有一種說不出的熟悉感，好像已經認識它很久似的。

這個黑漆漆的影子，擦了擦眼淚，站起身來，對著我比手畫腳，

好像努力在對我說些什麼。

可是我一點也聽不到。

看見我沒有反應，影子的動作越來越急，一下子飄到遠處的樹梢，一下子又在我腳邊的地面上繞圈子。

巧兒說：「阿星，這個奇怪的影子，一定有什麼話要對你說！」

連巧兒都發現這麼簡單的道理，謎語精靈卻一改有問必答的態度，到目前為止，一直三緘其口。

「謎語精靈，你為什麼不表示一點意見呢？」我問。

謎語精靈的身體比先前閃爍得更厲害，像是電源嚴重不足的燈泡。他說（說話的語調也拖得又長又慢）：「我說—阿星——呀，每—當—我解答一次———，法力——就會消失一分，而我從第七章第二節出場——之後，已經——回答——不少你的—問題——，所——以—現在你—只剩下三次——發問的——機會——」

「真的嗎？這不是在開玩笑吧？嘎嘎嘎嘎嘎……」我一急，竟然語無倫次，學起謎語精靈的恐怖笑聲。

如果真的是這樣，那他一出場就應該告訴我遊戲規則。人家的電影或小說都是如此安排的呀！

謎語精靈身上的光逐漸暗了下來。他說：「真的！這不是——開玩——笑——。你還能提出——最後一個問——題——」

我突然有一種被欺騙的感覺。

「剛剛我才問了一次耶。你不是說還有三次發問的機會嗎？」

謎語精靈的光已經萎縮成胸口豆大的亮點。他說：「是的。剛剛——你問——『真的嗎』和『這不是在開玩笑吧』，一共是兩——次，加上這次，你——已經不能——再問——任何問題了——」

啥？

這是個騙局。

故事才進行到一半，接著我還要打敗華爾、救出莓子、回到原來的世界，還要打擊兩名外國黑衣人……而我的救援力量，居然只出現了短短二章的篇幅！

我很氣謎語精靈的陰險狡猾，更氣自己不夠機靈，白白浪費最後三次發問的機會，在悔恨交加的心情下，眼淚終於奪眶而出。我無助地跪倒在地上，吉米、巧兒和那個影子也失去了信心，露出極為沮喪的樣子。

謎語精靈老是叫我們猜謎。猜謎就能解決我們遭遇的問題嗎？畢竟，我現在的處境，是在魔幻冒險故事裡，而不是益智猜謎叢書裡啊。身為冒險故事的主角，我應該具備的並不是猜謎能力，而是勇敢、熱血、信心，還有聰明……

聰明？

對了。

噹噹噹。我答對了。

謎語精靈留下來的四個謎語，分別是：

什麼東西越用越多？

什麼東西越洗越髒？

什麼東西越打越強壯？

什麼東西越暗它越亮？

而第一道謎語的答案，就是「聰明」。世界上每一件東西都會越用越少，只有聰明，它會越用越多。

而且，我越用越多的聰明告訴我，只要猜出其他三道謎語的答案，就能找到解決困難的線索。

11

青龍現形

我們繼續朝山谷的另一邊前進，一股森冷的山風襲向我們，空氣裡的野獸氣味顯得越來越濃，讓我的胃不停抽搐、翻攪，幾乎快要吐了。這也表示，華爾與我們的距離已經越來越近了。

吉米依舊將鼻球貼緊地面，扮演開路的角色，我和巧兒跟在後頭，而那個黑影也尾隨我們，沒有自行離開的意思。

在這一路上，我的腦袋也不敢閒著，拚命想著謎語精靈留下來的的謎語，希望盡快找到答案。「什麼東西會越洗越髒呢？」我用力抓扯自己的頭髮（巧兒早就發出尖叫，雙手護著自己的捲髮逃走了），簡直快要絞盡腦汁。

ㄟ……

煤炭會越洗越髒嗎？

並不會。

它只會洗不白、洗不乾淨而已。

ㄟ……

大便會越洗越髒嗎？

好噁喔。誰會去洗大便呢？

驀地許多烏雲朝我們的頭頂上聚集，天色立刻暗了下來。不一會兒，天際銀蛇乍現，接著雷聲大作，顯然就快要下雨了。

果然不到一分鐘，雨就傾盆而下。我們正愁沒地方躲雨，吉米就在前方對著我們叫——牠找到一處適合避雨的山洞。

我們連忙躲進山洞裡。然而那個影子，似乎有點拘謹，只是站在洞口，沒有跟著進來。

「也許，影子不用怕被雨淋濕……不過看它孤單的樣子，真的粉可憐耶！」我想。

於是，我決定走過去，請它一起進來山洞避雨。

我走近那個影子，一道閃電正好落下來，而且位置就在洞口附近。

在這短短不到一秒的時間，卻讓我看到最震撼的一幕景象：

莓子出現了！

原來這個神祕影子，就是莓子的影子。當它投射在雨幕上，真實面貌就清清楚楚的映現出來了。

其實這是一種常見的現象！所有東西的影子，如果落在地面或任何不具光線反射作用的事物上，就只是一片黑暗；不過，如果它落在水面或鏡子上，就會映現原本的影像。

我想起謎語精靈留下的第二道謎語：

「什麼東西越洗越髒？」

答案就是——

「水！」

世界上所有的東西，只會越洗越乾淨，可是呢……水卻會因此越

洗越髒。而水，果然幫助我找到莓子。

我趕快跑到外面摘了一片姑婆芋的大葉子，上面還盛了一些雨水，並對莓子的影子說：「莓子的影子，請妳到這一片水面來。」

莓子影子像極了變形蟲般的汙漬，幽幽忽忽的飄移過來。當它爬上葉子，水面立刻映出莓子的臉。

莓子影子的表情既高興又難過，它對我說了很多事，我讀著它的唇形，勉勉強強的了解一些訊息。

原來，莓子進入反宇宙之後，就被白虎獸華爾叼去，關在牠的黑暗巢穴裡。幸虧有個迷路的陽光警察，帶著螢火蟲燈籠闖進來，讓她產生影子，並利用影子逃出來求救。

莓子影子無聲的說：「我以為……這輩子再也見不到阿星了……嗚嗚嗚……」

我問莓子影子：「妳從華爾那裡逃出來，所以一定知道找到牠的路，可以帶我們去嗎？」

莓子影子的臉色瞬間變白。它用唇語說：「你們並不是牠的對手，這是很危險的事！」

我說：「為了要救莓子，不管多麼危險的情況，我也要試試看！」

莓子影子的臉，居然紅得像蘋果似的。它又不安的說：「可是……」

「不要可是了啦！妳不用擔心，我有打敗牠的祕密武器……」

這時候，吉米發出一陣吠叫，並跑到山洞外面，我們跟著出去，發現雨已經停了。

「啊！是彩虹耶！」巧兒指著天際，興奮地大叫。

我往巧兒指的地方看去，不禁驚嘆：「嘩！好特別的彩虹喔。」雖然它和我印象中的彩虹一樣，都有紅、橙、黃、綠、藍、靛、紫等七種不同顏色，可是形狀卻是相反的。在我們的世界，彩虹像是一座彩色拱橋；而在這個世界，彩虹就像是——一個彩色的微笑。

我對彩虹揮揮手，自我介紹說：「嗨！你好。我是阿星！」

天上的那道微笑彩虹，居然回應了我的友善。它的線條拉得更長，彎曲弧度變得更大，看起來就像笑得更開心了！

就在這種愉快的心情下，我、吉米、巧兒等一行人，跟著莓子的影子繼續前進。說時遲、那時快，天色驀然大暗，眼前出現一棟英國風格的古堡建築，矗立在銀輝色的月光下。

「奇怪？剛剛太陽不是還在嗎？怎麼一下子就來到晚上了？」我驚訝的問。

巧兒卻稀鬆平常的回答：「這個世界，是由別人的夢想組成的，並沒有真正的白天或晚上，也沒有絕對不變的方向。所有的時空位置，都取決於發想人的喜好而定。」

我恍然大悟說：「原來是這樣子啊！」

巧兒又說：「阿星！我們現在走進來的地方，是屬於一位英國女士的夢。她把自己的夢境，寫成一套很暢銷的小說，贏得你們那個世界許多人的支持，因此，她在這裡的夢境版圖，也擴張得非常快速！」

我不禁發出「啊」的一聲。

這時候，寧靜的夜裡發出一陣窸窸窣窣的騷動聲。有兩個神祕人影，偷偷從古堡一旁的隱密地道鑽出來。

在月光的映照下，我看清了他們的樣子，原來是一男一女，年紀看來比我大一點，他們穿著類似學校制服，還披著一件魔法師的黑色斗篷。

奇怪的是，他們爬出密道之後，竟對著牆角的空間說了幾句話，然後匆匆朝我們的方向跑來。

他們逐漸靠近我們，我們趕快找一處隱密的草叢躲起來。這兩個人一邊奔跑，一邊緊張的回頭看，等到確定離開古堡很遠了，這才放慢腳步。我注意到這兩個人當中，始終維持一個固定的距離。有時他們兩個會彼此對話，有時又會對中間那團空氣說話，好像在他們之間，存在著一個透明人似的。

他們在距離我們只有三公尺的地方，停了下來，嘰哩呱啦的交談著。而中間那個無人的位置，居然從上到下，依序出現一個男生的頭、脖子、身體，還有四肢等等。

我看見那個男生額頭上的閃電記號，馬上會意過來：「他就是那個小說主角！剛剛他穿上了隱形斗篷！」

驀然，我的臉型慢慢變瘦，鼻子慢慢變挺，皮膚慢慢變白，連衣服也慢慢變為黑色長袍……而且，我開始聽得懂那三個年輕魔法師的談話。他們用的是純正英語。

這時候，我感覺袖子被人拉動了一下。原來是巧兒在叫我。

巧兒說：「阿星！不要太投入別人的夢裡，要不然，你可能會變成他們裡面的一份子，永遠遺忘自己的原來身分。」

聽到巧兒的警告，我念頭一動，就恢復了原來的樣子，而眼前的古堡學校、小說人物等等立刻消失。

天又亮起來了。

不過，接下來情況並沒有比先前更好。我們發覺剛剛藏身的草叢，顏色雪白而質地堅硬，放眼一看，四周竟是一片茫茫的白色叢林。

空氣中還瀰漫著一股腥羶的味道。

地底深處忽然發出一聲春雷般的巨響——

「吼——」

我嚇得膽子都快破了。因為……因為呀……

「這種氣味，這種叫聲，還有這種奇特的狀況，都說明了一件事情，那就是——白虎獸正在我們的腳下！」

不知不覺間，我們已經來到白虎獸的背上。

我神情驚異的問：「為什麼會莫名其妙跑來這裡呢？」

巧兒的臉色比我更難看，她說：「我們才跨出那位英國女士的夢境，卻一腳踏進白虎獸的領域——這是一個集合人類所有憤怒思想的恐怖禁區！」

這下子，果真符合了「騎虎難下」的四個字成語。

我們完蛋了。

天空忽然出現兩枚發出綠光的眼睛，慢慢接近我們，然後就是一張長著尖銳獠牙的巨大虎口，吞天蓋地的侵襲而來。這就像一隻狗的背上，藏著幾隻蝨子，狗受不了干擾，就會轉過頭來，用嘴巴亂咬一通。

白虎獸不僅對我們又咬又舔（舌頭還捲走不少牠的銀白色鋼絲毛），還抬起後腳，朝背部猛搔癢；對牠來說，這可能只是一個小動作，不過，對於躲在毛叢裡面的我們而言，卻是一場驚心動魄的大災難——一隻超級大怪手從天而降，展開一連串快速又準確的攻擊，我們幾次都從牠的爪子縫隙逃脫出來。

攻勢忽然停了下來，我正暗自慶幸有驚無險，白虎獸竟如一匹脫韁野馬，逕自激烈的上下跳躍、來回狂奔！

我和巧兒，各自抱住一根隨風飛揚的獸毛，吉米則咬住我的衣角，以免被摔得粉身碎骨。莓子的影子雖不受任何影響，也只能在一旁乾著急，兜著無意義的圈子。

巧兒尖叫說：「我快沒力氣了啦。阿星，快想想辦法啦！」

我努力的想要保持鎮定，然而驟上驟下的移動，加上迎面而來的呼呼強風，卻搞得我頭昏腦脹（對嘛！誰能夠在雲霄飛車上想數學習題？）。

我扯著喉嚨對巧兒說：「辦法是有的，就在謎語精靈留下的第三道謎語之中。可是，我實在猜不出來『什麼東西越打越強壯』？」

白虎獸突然來個三百六十度急轉彎，企圖把我們甩掉。不過，除了多出幾聲尖叫之外，我們還是死命的黏在牠背上。

啊！我口袋裡的DSA遊戲機，不慎滑了出來，掉落在地上。我發現青龍獸，經過長時間的養精蓄銳，正好處於巔峰狀態，螢幕上顯示的各項指數，幾乎全部滿格。

「我想到了！」我不由得發出一聲驚呼：「第三道謎語的答案，就是『青龍獸』！越打越強壯的東西，就是我的數碼聖獸——青龍獸！」

當我高喊「青龍獸」之際，DSA遊戲機的螢幕竟發出一道耀眼奪目的青色強光，高高射向天際，化成一條活靈活現的青色巨龍！

「龍耶！是真正的龍耶！」巧兒大聲驚呼。

「幺嗚……幺嗚幺嗚……」吉米也激動得發出一陣怪叫。

「太神啦！青龍獸不愧是青龍獸呀！」我又驚又喜，簡直興奮到了極點。

青龍獸發出一聲驚天動地的長嘯，以神勇之姿，俯衝而至，將我、巧兒和吉米從危險的虎背輕輕叼到安全的地面。莓子的影子也跟了過來，還高興的親了我的影子一下。

心中忽然有一種很想哭的感動。

記得謎語精靈在解釋「魔幣」時說過：「我們靠對方的思想能量來維持生命，也維持生活開銷……」由於我長久以來，不斷付出關懷與照顧，讓青龍獸在這個由想法構成的奇妙世界，化身為一條真正的巨龍。而牠的生命來源，就是我的「關心」！

不過呢……

我又不免擔心起來。

既然想法的強弱，決定了魔幣的面額大小，當然也就決定了力量大小。而青龍獸的生命來源，只有我這個小孩子小小的愛心，牠打得過全人類憤怒的力量——白虎獸嗎？

「加油吧！青龍獸！接下來就看你的了！」我在心底如此吶喊著。

12

龍爭虎鬥

當白虎獸的注意力，轉移到突然出現的青龍獸時，我才有機會仔仔細細的端詳牠。這隻集合全人類憤怒思想的魔獸——華爾，外型是一隻全身雪白的大老虎，體型則接近一座雄偉的高山。

牠的臉孔比起一般的老虎凶惡許多；長長尖尖的犬齒突出嘴外，再加上深沉如黑曜岩的眼睛冷冷地盯著獵物，看到牠的人都會忍不住不寒而慄。黑色發亮的腳爪彎曲而銳利，彷彿只要隨便一揮，連空氣都會被割裂。

唯一比較奇怪的是，牠沒有像普通動物一樣黑色的鼻子，而在原來應該是鼻子的位置，鑲了一塊流轉著七彩光芒的奇幻寶石。這和牠脖子戴著的項圈，垂著一顆水晶球的墜子，剛好一上一下，互相對稱，形成有趣的呼應。

我又將視線移到天上的青龍獸，牠是一條閃耀著青色光澤的巨龍，而身體大小並不亞於華爾。

牠身上的每一片龍鱗，都像古代建築的藍色琉璃瓦一般，發出神祕的光芒，朱紅色的鬃毛襯著修長而彎曲的利爪；頭上還有一對閃著珍珠般光澤、末端長著螺旋紋的大犄角。

看牠凌空飛舞，捲起一陣繽紛炫目的雲彩，真是賞心悅目極了。

青龍慢慢睜開了眼睛。

牠的眼珠子比日出更加瑰麗，瞳孔中彷彿蘊藏著熊熊的烈焰，準備燒盡一切的邪惡。青龍獸在空中盤旋了一圈，蜿蜒的身軀畫出一道漂亮的線條，紅色鬃毛隨著牠周身的氣流擺動，就好像一團正義之火。

原本忙著搔癢的白虎獸，驀地一個彈跳，轉過身子，四腳挺直緊抓著地面，全身的毛都豎了起來，擺出十足的備戰姿態。

我這才發現，白虎獸身上並不是一般動物的毛，而是一根根像獸毛般的白色鋼針。

忽然之間，有個低沉而清晰的聲音，傳進我耳朵裡：

「阿星小主人，我是青龍獸！」

「青……青龍獸會說話？」我嚇得差點跳起來。

「阿星，你怎麼了？」巧兒好奇的問。

「青龍獸竟然會說話！我從來沒想到……咦，你們怎麼都這樣看著我？」大家的目光怎麼都怪怪的，難道是我表現得太興奮了嗎？

「阿星，你說……青龍獸會說話？」巧兒又問。

「是啊，你們都沒聽到嗎？」這……總不會是幻覺吧？我聽得滿清楚的耶。

「小主人，因為我從出生到成長，都是您在照顧我，所以也只有您能聽到我的聲音。」我沒聽錯，果真是青龍獸的聲音。

「啊！」我不由得叫了出來。發覺大家看我的眼神更奇怪了，我連忙把青龍獸的話轉述一遍：「青龍獸說，只有我能聽到牠的聲

音。」

這時候，青龍獸又說話了。「阿星主人，我可以協助您打倒白虎獸。但是只有我是不行的，必須由您來控制。」

「控制？控制什麼？」我的腦袋還沒轉過來。

「必須由您來控制我行動，我才能發揮原有的力量。」青龍獸補充說。

白虎獸依然盯著青龍獸，發出嚇敵的低吼聲，好像快要撲上去的樣子。

「ㄟ……我、我來控制你？可是，你現在那麼巨大……」我抬頭望著在天上盤旋的青龍獸，再看看手裡握著的DSA遊戲機，上面青龍獸的圖案已經不見了，螢幕上閃著一陣一陣青綠色的光芒。

「阿星主人，您只要像平常對打時那樣操縱我就行了。」

「這樣啊……好，我試試看。」我握好遊戲機，吞了口口水，接著扭扭大拇指，快速地輸入一連串指令：「龍波彈——去！」

我看見青龍獸頭上的角，像天線般接收大氣中的無形電流，然後高高地昂起頭、張開嘴，一顆能源光球迅速射向地面上的白虎獸。

「真的耶……」我看得下巴差點掉下來。

不過，白虎獸也不是省油的燈。牠一個翻身，避開了龍波彈的攻擊，並仍然站得好好的。只是牠看起來更加生氣，齜牙咧嘴，發出巨大的咆哮，身上還隱約浮現出暗紅色的斑紋。

我還沒回過神來，白虎獸卻已發動攻勢，對著虛空，奮力揮出右前掌，空氣立刻凝出一枚老虎掌，朝青龍獸直撲過去！

「危險！」我叫了一聲，連忙按鍵躲開。好在我的反應還不錯，青龍獸跟著按鍵指令，俐落地避開了虎形拳的攻擊。

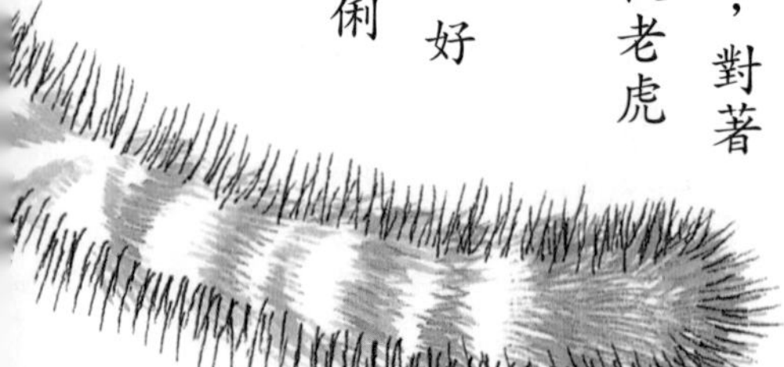

我逐漸進入狀況了，連續發動反攻……

龍波彈——龍形炫光——龍尾擊！「看你怎麼躲？」

雖然白虎獸避開了龍波彈，但下一招的龍形炫光——強烈的光芒，令牠為了適應環境的光線變化，瞳孔從圓形變為線形，動作也跟著停頓下來。

這正是我使出龍尾擊的最佳時機！

「啪！」的好大一聲，白虎獸被青龍獸的尾巴不偏不倚的掃中，向右邊滾了兩圈，發出一聲痛苦的低吼。

「耶！打中了～～」我高興的歡呼起來。

巧兒卻忽然尖叫起來：「阿星，你看那邊！」

我順著巧兒手指的方向看去，發現青龍獸的尾巴上，竟多出了好幾道細細的傷口。

「糟糕！一定是白虎獸的鋼針毛劃傷牠的。」我連忙叫道：「青龍獸，你沒事吧？」

「沒問題！不過，您可要更小心一點，白虎獸的戰鬥值提升了！」

「什麼？」我連忙轉頭一看，白虎獸已經爬起來，牠使勁地搖搖頭，企圖使自己不再暈眩，而隨著怒氣激發體內的力量，身上紅色的斑紋也越來越明顯了。

咦？這種局面好熟悉呀！

好像以前也碰過類似的情況？

我趁著白虎獸戰鬥升值的空檔，下意識按出常用的一招必殺技——龍旋踢！

青龍獸先是迅速往天際飛去，好像想要逃走，白虎獸本能的追了上來。就在千鈞一髮之際，青龍獸突然來個三百六十度大迴旋，順勢伸出巨爪，一舉抓破白虎獸的寶石鼻子。

想不到，鼻子正好是白虎獸的死穴。這塊奇幻寶石，竟是用來進行核反應的原料，它提供了白虎獸戰鬥的能源。而被破壞的能源寶石，就像一顆安裝在白虎獸鼻子上的核子彈，它詭異的閃了幾下，就爆出一朵由火燄構成的蕈狀雲，將白虎獸化為一團煙塵。

這場爆炸實在非同小可，引起一場遮天蓋地的滾滾沙塵，白虎獸幾乎炸成粉末的零件碎片，也如雨點般滴滴答答從天空落下。

我想到了！這次的聖獸之戰，根本就是上次我和冠

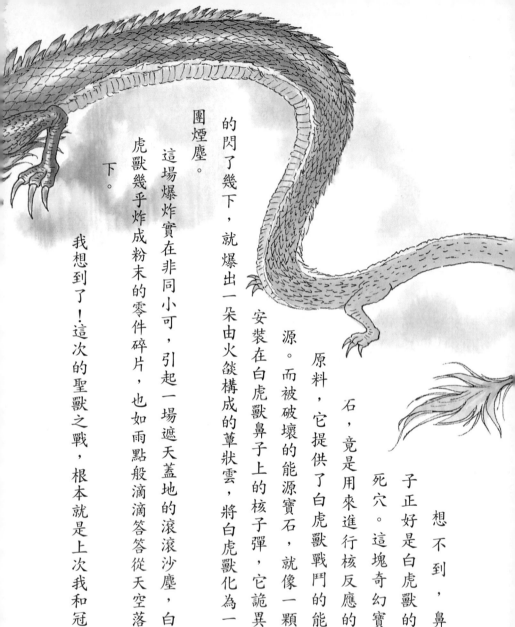

軍對打的翻版嘛。

這時候，吉米跟著莓子影子隱身在煙霧之中，不一會兒，就帶著一個女生對我走來。

「莓子！是莓子！」我高喊著。

「阿星！」莓子哭著跑過來，緊緊抱著我。

不知何時，一群陽光警察也圍了上來，拿出關著一隻鳳蛾的小竹籠，在我們身上移來移去。

「這是什麼？」我問。

巧兒回答說：「這是一種犯罪偵測器！因為蛾類的兩隻觸角，可以感知其他生物的思想波，如果有人意圖不軌，它就會拚命拍動翅膀！」

幸好我們身上沒有發出什麼犯罪意圖。陽光警察又一哄而

散的離開了。

此刻青龍獸的聲音又傳進我的腦中：「小主人，白虎獸已被消滅，莓子也被救回來，這次的戰鬥任務就此結束，我得回去補充能量了！」

我將ＤＳＡ的螢幕對準天上的青龍獸，牠就化成一道綠光，回到遊戲機裡。螢幕上又出現青龍獸的電子圖案。我趕快餵牠愛心丸與能源丸。

這時候，白虎獸項圈上的碩大水晶球（其實差不多有一座小島那麼大），咕嚕嚕的滾到我面前。

它居然沒有被炸破耶。

我、巧兒、吉米，不自覺走近透明水晶球，觀察裡面的奇特景象。

在水晶世界裡，有一座虛無縹緲的矮山。

嗯，沒錯！它的確是一座山的輪廓，表面卻彷彿蓋上了一層薄薄的積雪，看起來霧茫茫的，顯得似有若無。巧兒一邊出神的看著，一邊用手托著腮，納悶的說：「難道……這就是傳說中的『行走山』？」

13

行走山的奧祕

「什麼是『行走山』？」我搔著頭問。

巧兒回答說：「謎語精靈對我說過，我們這個世界，自古以來就流傳著一個神話，據說有天、地、玄、黃、宇、宙、洪、荒等八種神聖的元素，分別位於八個危險之處，並各自受到不同的可怕魔獸日夜嚴格看守著。其中『地』的元素，就藏在行走山的背面。」

「八個神聖的元素？」莓子接口問。

巧兒說：「據說，只要將八種元素收集齊全，就能召喚兩條神通廣大、法力無邊的巨龍，消滅所有的災難與罪惡，讓幸福長久降臨。」

「難道這八種元素，就是一切邪惡事物的『反物質』？」我問。

「正是！」巧兒點了點頭。

「原來是這樣子啊……因為看管神聖元素的魔獸，本身就是靠著邪惡的能量而活，自然不願意有誰拿到八種元素，召出兩條巨龍來。

所以，對於覬覦者絕對不會手下留情！」我總算搞清楚了。

巧兒又說：「聽謎語精靈說，在五千年以前，有個來自你們世界的人類，曾經成功取出八種元素，化解一次大災難……聽說那次，反宇宙的邪惡勢力也受到很大的打擊，魔獸版圖一度宣告消失。但是後來，牠們又逐漸興起了……」巧兒幽幽的說。

我「啊」了一聲。這就是三叔公說過的《尋龍寶圖》故事。

也就是說，如果我發現了行走山，取出「地」的元素，然後再找到其他七個元素，就可以讓我們那個世界的半天島，以及它所引來的不幸和犯罪計畫通通消失。而反宇宙裡，所有依靠邪惡能量而活的魔獸，也會一併被消滅。

真是一舉兩得。

不過，我怎麼能確定眼前水晶球裡的一片山巒，就是傳說中的行走山呢？

或者，行走山只是一種謠傳。世界上根本沒有什麼行走山？

「行走山？山怎麼會走路呢？難道它底下長了腳嗎？」我又問。

「照現在這個情況來看，行走山不只長了腳，還長了四隻腳呢！」巧兒笑咪咪的說。

喔——我懂了。

巧兒的意思是說，這座神祕之山，既然位於白虎獸脖子上的水晶球裡，白虎獸的四隻腳走來走去，把這座山帶來帶去的，不就等於山也會行走？也就可以稱得上是名符其實的「行走山」了！

「既然如此，我想……我想，我可以進入這個大水晶球，到行走山找出神聖的元素……說不定，就能解除這次奇蹟小鎮的天文災難……

「你們留在這裡等我吧！」說著說著，我已經抬起右腳，走進晶瑩剔透的水晶世界。

一股麻麻涼涼的觸電感，立即由右腳傳了上來。而我進入水晶球的半個身體，居然跟著變成半透明的結晶體。

「阿星！不要！」莓子叫了出來。

巧兒說：「來不及了！阿星身體裡的分子結構，已經改變了一半，現在只能往前繼續前進，不能後退了。」

我只好再將左腳抽離地面，跨了進來，完全置身在冰涼而充滿電流的晶體國度裡。吉米「汪」了一聲，跟著跳了進來。

莓子和巧兒互看一眼，也先後跑進水晶球裡。

這時候，我們大家都變成結晶生物，看起來就像用玻璃燒成的透明人偶一般。

「唉！你們都來了！這下子，如果我們無法順利脫身，離開這個地方，也沒有別人可以去對外界求救了。」我嘆氣說。

但現在不是可以沮喪的時候，我們還有更重要的任務，就是爬上行走山，找到「地」元素。

而行走山，就穩穩當當的矗立我們眼前。

我高舉手臂，奮力一呼：「各位，讓我們燃起熊熊的鬥志，沸騰胸腔的熱血，勇敢的邁向行走山吧！」

沒有人跟我一起燃燒鬥志耶。

因為眼前的行走山，居然由一座變成七座，看起來一模一樣，教人分不清哪一個是真的？哪一個是假的？

我想了一下，就知道其中的原因了。

「Discovery頻道有介紹過水晶，它是一種成分為二氧化矽的礦石，也叫做石英，會形成六角形的天然結晶體！所以——這七座行走山，只有一座是真的，其餘都是光線折射出來的幻相。」我說。

莓子聽完我的解釋，用很崇拜的語氣說：「原來是這樣……阿星，你好聰明喔！」

「沒有啦！聰明只是我個人小小的特色啦。」我很謙虛的說。這真的沒什麼啦。其實，謙虛也是我個人另一個小小的特色。

巧兒接著說：「阿星！那你趕快發揮一下你的特色，告訴我們哪一座行走山才是真的？」

「對呀！」莓子也附和著。

「汪！」連吉米也……

從眼前的局勢看來，我非得靠運氣猜一猜了。

我正想舉起手，亂指一通，慘絕人寰的事情又發生了——

不知怎地，我的手臂竟僵硬得不聽使喚，低頭一看，我的身體右半邊，居然慢慢轉化為真正的水晶礦石。

巧兒說：「糟了！我們待在這裡的時間太久了，就快要被同化，永遠冰封在這個水晶世界裡了！」

「啊！這種情況，就像把一根鐵釘，放在一堆磁鐵裡面，過了幾天，鐵釘就會被同化，也變得具有磁性一樣。」我驚奇不已的說。

「恐怕我們得快點找到『地』元素，也許還有機會靠它離開這裡！」巧兒催促說。

「對呀，阿星！你不要再賣關子了啦！真正的行走山到底是哪一座？」莓子又附和著。

「汪！」連吉米……

「ㄟ……」我根本不知道如何回答，嘴角不覺微微抽搐著，加上右半身又癱瘓了，看來活像一個中風的小老頭。

「啊～～」莓子看著自己的身體，發出驚天動地的尖叫聲。

又出現一位中風的小老太婆了。

我覺得奇怪，按照剛剛進來水晶球的先後順序，在我之後，應該是吉米，然後才是莓子；牠的身體怎麼還沒發生變化？

然而，當我注意到吉米的動作，就知道其中的原因了。原來，吉米幾乎一直在搖尾巴、走來走去，所以牠被水晶同化的速度，也會比較緩慢。就像我們把磁鐵堆中的鐵釘，不停的移動，它就比較不容易被磁化，因此當務之急就是盡快移動腳步，往行走山前進。

不過，又要往哪一座行走山前進？

真是傷腦筋耶。

不料這時候，我們發現某一座行走山的山腳下，忽然發出一道燦爛的光。

光？

是光耶！

看到這道光，我腦袋裡也靈光一閃，不禁高興的擊掌大叫：「答案出現了！」

這下子，輪到巧兒一臉不解的看著我：「答案？什麼答案？」

「就是謎語精靈留下的最後一道謎語呀！」我吞了吞口水說：

「這道謎語是：『什麼東西越暗它越亮？』」

巧兒說：「你是說……謎底和光有關？」

我點頭如搗蒜。

「嗯……和光有關係……。是光頭嗎？」

我後腦勺立刻流下一滴冷汗。

「妳會不會想太多了？其實答案很簡單，就是——『光』啦！只有光，在越暗的地方，它卻會變得越亮！」

啪啪啪啪。

謝謝各位熱烈的掌聲。

我清了清喉嚨，情緒亢奮的說：「謎語精靈留下的這些問題，每個答案都有特別的作用，比方說：我用『聰明（越用越多的東西）』解開更多的謎語；用『水（越洗越髒的東西）』和莓子影子溝通，進而找到白虎獸；還用『青龍獸（越打越強壯的東西）』，打敗白虎獸華爾，救回被抓走的莓子……

「現在我們遭遇的困難，就是無法確定哪座行走山才是真的。事實上，會發光的那一座才是真的行走山！」

總之，這道適時出現的光，就像茫茫大海裡的一盞明燈，照亮我們生命中所有的疑惑。既然真相大白了，我們就在一片白閃閃的無際天地中，拖著僵硬而機械的步伐，朝著發光的方向前進，過程緩慢而辛苦。

「嘎嘎嘎嘎嘎……」一陣尖銳刺耳的聲音，從光源處傳了過來。

咦？這種破摩托車的聲音，聽起來好熟悉耶。

「是謎語精靈！」巧兒興奮的叫了起來。

果然是那個裝扮滑稽的怪叔叔。他早就擺好一個自認最帥的姿勢，等我們來找到他。

「再度出場嘛，樣子一定要很炫才行。可是呀！你們也讓我等太久了，我保持這個姿勢不動，站到骨頭都快散了！」謎語精靈發著牢騷說。

他發牢騷歸發牢騷，我們卻都感到非常高興。

啊！感人的季節又來到了。

「奇怪？你不是法力用完了，身體也消失了嗎？」我不解的問。

謎語精靈全身又發出強光。他說：「阿星喲！當你思索我留下的謎語，並找出答案的時候，我就因你的想法而恢復生命能量了！嘎嘎嘎嘎嘎……」

巧兒以僵直的動作，衝上前去，緊緊抱住謎語精靈，喜極而泣的說：「能夠再看到你真好！」

「這座才是真正的行走山，神聖的『地』元素，就在山頂等著你們呢！」謎語精靈說。

我忽然覺得，他的眼神，幾乎和三叔公一樣慈祥。

謎語精靈舉起他的問號拐杖，朝山頂用力一揮，拐杖就陡然伸長出去，勾住山頂一棵積滿白雪的老松樹，我們就學登山隊員們攻頂的方式，一個接著一個，抓住直通山峰的拐杖，逆著漫天飛舞的雪花，踩在冰冷堅硬的水晶凹痕上，一步步接近目標。

花了一番功夫，大家總算爬上山頂。

在沉靜而安穩的巨大老松下，有一株如四瓣酢漿草般的金黃色植物，默默的佇立著，四周也籠罩在它散發的淡淡金色光暈中。

我們一進入光的範圍裡，就好像進入媽媽的懷抱，感到十分安全而舒服，原本快結成水晶的僵硬身體，也立刻恢復正常。

謎語精靈說：「這株黃金草，吸收了一切大地精華，它就是神聖的『地』元素！」

真是想不到呀！

我還以為「地」元素，應該是一塊石頭或一撮泥土勒。

我用鼻子湊近黃金草，想聞一聞它的氣味。

結果……

黃金草居然化成一團金光，被我吸進身體裡。一股溫熱的感覺從鼻腔、喉嚨，一路流進胸口。

哇，眼前的世界，忽然變得好可愛說——

可愛的莓子，可愛的巧兒，可愛的吉米，還有可愛的謎語精靈！

「嘎嘎嘎嘎嘎……」謎語精靈笑了。嗯，真可愛的笑聲。

我從來沒有這種強烈的渴望，渴望發揮自己全部的力量，好好來愛這個世界。

「阿星！」謎語精靈叫了我一聲，很欣慰的說：「恭喜你！你已經拿到『地』元素了。真是天意如此！天意如此呀！」

喝？剛剛發生了什麼事嗎？

我都還沒搞清楚咧。

當莓子、巧兒、吉米露出一臉驚奇又興奮的表情，謎語精靈卻很快收起笑容。他說：「我想，你這次的反宇宙之旅，也要接近尾聲了……」然後舉起拐杖，向天空一指。

空中竟然出現一個龍捲風般的黑色氣旋。這個由空氣所形成的黑色漩渦，就像火車隧道般又暗又深，底部隱約傳來微弱的光線；然而，假如彎下身子，從某個角度看過去，就可以清楚看見另一端的景象。

謎語精靈解釋說，這個叫做「蟲洞」，是連接宇宙和反宇宙的通道，我、莓子和吉米，都是從那裡掉進來的。

原來蟲洞的另一端，就是我的家。

「汪！」吉米突然發瘋似的，對著蟲洞狂吠起來。我們跟著將視線移至蟲洞的那一端——

「啊！是蠻牛！」我和莓子異口同聲的叫了出來。

蠻牛正目擊我掉落海邊懸崖的那一刻！

14

故事，繼續中……

「阿星……」蠻牛極力嘶吼著。

但是一切都來不及了。

他只看見阿星的破球鞋和吉米的一隻狗腿從視線裡消失，腦中閃過千百個電視電影中常見的摔下山崖後的淒慘畫面時，眼前的景象卻讓他愣在原地——

阿星和吉米的身影，突然消失了！？

正確來說，應該是和小夢形容莓子消失的情況相同。蠻牛很確定自己沒有看錯，阿星和吉米也是在半空中下墜的同時，分解成無數小小粒子，被吸進一個黑色隧道，就這麼消失了！

為什麼？

這一切到底跟什麼有關？

難道……

那兩個黑衣老外！

蠻牛驟然轉過身來，正巧撞見從懸崖邊一個翻身躍上來的Ｔ１。

Ｔ２撿起被吉米咬掉的手槍，也匆匆趕了過來，還掏出西裝口袋的白手帕，擦擦手腕上沾有吉米口水的傷口。「該死！不會有狂犬病吧？那隻瘋狗看來血統並不是太純正……」

蠻牛抽出球棒，朝兩個黑衣人大吼：「你們到底對莓子和阿星做了什麼？」

「又來一個，怎麼辦？」兩個老外彼此用眼神示意。

Ｔ２曾經被蠻牛教訓過的，臉色變得有點難看，說：「這孩子不好對付，最好先撤退。」

「手下敗將！別逃。」蠻牛向著驅車而去的歹徒吶喊。

我和莓子透過蟲洞，看到蠻牛為了我們兩個人，不惜與兩個歹徒展開決鬥，都覺得很感激，也很感動。

謎語精靈看出我們的心意，就說：「現在回去正是時候，你們的同學一定會很高興的！」

我問：「那我還能不能回來這裡，尋找剩下的七種元素？」

「你猜？嘎嘎嘎嘎……」謎語精靈又來了。唉！

謎語精靈接著說：「阿星，你記不記得我說過，人類有八種不同的意外情況，可以打開蟲洞，進入反宇宙？」

「記得！就在第八章第一節嘛！」我囁嚅的說。

「所以囉，既然是『意外』的時刻，就不能故意重複這些情況，而想回到反宇宙來，比方：你讓自己的頭腦故意再陷入邏輯的矛盾……。以前你們世界有個漁夫，走進一座桃花林，在『林盡水源』之處，竟然發現一條無中生有的路，思路一時陷入矛盾，便闖進反宇宙來。他回家時沿途偷偷做了記號，並找了很多人想再進來，卻怎麼

都找不到路了。最後，有人寫了一篇很有名的遊記，把這件奇遇記錄下來！」

「那……總可以先透露其他七種打開蟲洞的情況吧？」我要求說。

「很抱歉，我也不能事先說穿還有哪七種意外情況，因為那就不叫意外了！一切都要看老天爺的安排。」謎語精靈聳了聳肩說。

這時候，莓子也依依不捨的對巧兒說：「我們會再見面嗎？」

巧兒難過的回答：「會的！至少，在我們的夢裡！」

啊！有一隻怪獸，遠遠地躲在樹林後。是四不像耶！牠也來送別嗎？

「好了！讓我來送你們一程吧！」謎語精靈咕嚕咕嚕的，念了一段奇怪的咒語，我就聽見耳畔傳來呼呼的風聲，眼睛也被強風吹得睜不開。

等到風聲停止，睜開眼睛，我、莓子、吉米都回到這個靠近海邊的懸崖。

蠻牛一看到我們，簡直興奮得說不出話來，我不禁張開雙手，等著與這個好哥兒們，來一個熱情擁抱。他愣了半晌，卻發出整個奇蹟小鎮都聽得到的叫聲：

「莓子～～」

蠻牛蠻牛，還有我啦！不要忘了我啦！

唉！無論如何，事情總算有了圓滿的結局。

然後呢？

我想，接下來的發展，並不需要我再浪費唇舌來說明了。

反正就是奇蹟小鎮的軍警大隊，及時趕到海邊的懸崖，將傳播病毒程式的黑衣老外們一網打盡啦；然後宣告被綁走當作人質的兩個小學生（就是莓子和我）和一隻狗（就是吉米），被見義勇為的同班同學（也就是蠻牛）救出來啦；然後所有記者就拚命把攝影機和麥克風

對準我們這三個小孩，到了晚上的電視新聞，以及隔天報紙上面，都可以看到蠻牛揮動球棒的英姿、莓子和爸媽抱在一起哭、我和爸爸媽媽恰妹臭弟吉米一起比出ＹＡ的手勢啦；然後蠻牛站在學校司令台上接受校長表揚、雙木老師獻花，還有阿比在下面很狗腿的用力鼓掌外加口哨啦……

令人遺憾的是，那兩個Ｍ國的黑衣老外，因為罪證不足而被釋放，並由該國的駐外代表安排出境。莓子私下跑來對我說：「阿星，我覺得你才是最勇敢的人，可惜你在反宇宙時的表現，並沒有其他人看見！」

我不禁抬起頭來，看著依舊浮在奇蹟小鎮上空的半天島，心中默默期待再次進入反宇宙的機會……

九歌少兒書房 220

反宇宙的魔幻國

著者　黃　玄
繪者　那培玄
責任編輯　鍾欣純
發行人　蔡文甫
出版發行　九歌出版社有限公司
台北市105八德路3段12巷57弄40號
電話／02-25776564
傳真／02-25789205
郵政劃撥／0112295-1
九歌文學網　www.chiuko.com.tw
印刷　晨捷印製股份有限公司
法律顧問　龍躍天律師・蕭雄淋律師・董安丹律師
初版　2012（民國101）年9月
定價　**260元**

書號　0170215
ISBN　978-957-444-842-5
（缺頁、破損或裝訂錯誤，請寄回本公司更換）

國家圖書館出版品預行編目資料

反宇宙的魔幻國 / 黃玄著; 那培玄圖 . --
初版. -- 臺北市 : 九歌, 民101.9
面；　公分. -- (九歌少兒書房 ; 220)
ISBN 978-957-444-842-5(平裝)

859.6　　101014865